FLORET

READING

▼

遥不可及的你 2

姜辜 / 著

【一生一遇】系列第三季 04

我娶你，本来就不是因为你有什么优点。
那是为什么？
不知道，但我就觉得，应该是你。

贵州出版集团
贵州人民出版社

姜辜 | 小花阅读签约作者

懒，拖延症，自由散漫，非典型摩羯座。
柜子里塞满了奇奇怪怪的裙子，喜欢冷门的东西。
很多方面都不太像女孩子，话多话少看心情。
再圆一句回来，偶尔还是个很好玩的人啦。
伙伴昵称：wuli 璇，奶黄包

个人作品：《遥不可及的你》《深宅纪事》《路途遥远，我们在一起吧》
《春风集·摘星星的人》

作者前言

作者前言

久　等　了

终于到了这个其实没什么话讲，但是我自己还算比较期待的时刻。

我记得"遥1"是2016年年初完的稿，当时烟罗姐就问我是要直接开始写第二部还是先写新的故事——我毫不犹豫地就选择了后者。不知道大家能不能理解我的那种心情，就好比终于跑完了一场800米测试，所以我一边撑着自己喘气，一边冲刚领了结婚证的何昭森、于童挥手，求您俩先过着自己的日子，行行好吧，别吵了，让我休息会儿。我发誓，我就休息那么一小会儿。

然而事实是，一小会儿，等于整整一年。

在写完了《深宅纪事》《路途遥远，我们在一起吧》，以及整理完短篇合集《春风集·摘星星的人》之后，在公司三周年的签售会上，我有些紧张地拿着话筒告诉大家我正在写"遥2"，当然，那时候的文档大概还没有超过一百个字。

一直以来，我都觉得写字以及以写字为生是一件非常美好的事情，但美好并不代表轻松，特别是当你清楚地知道，你写完之后是有人要看的，并且那些人对你充满着期待的时候。

若若梨姐姐一直在我身边跟进"遥2"的进度与情节，在终于快完稿的时候，她对我说，这本书所耗费的时间可能会成为我创作史上的一座里程碑。没错，从2016年的10月份，到2017年的3月份，的确有些太久了。于是，小花全员以伞哥为首，亲切地送了我一个称呼——痞子哥。

痞子哥很伤，痞子哥对不起大家，痞子哥也不想这样的。

在写"遥2"的途中，向来很稳定的皮肤出了一点点小毛病，换着医院跑了两趟，药也开了不同的种类，好不容易觉得可以放下心了，又必须请一个小长假去上律师培训课。

培训地点在长沙一个比较偏远的地方，在一条立着两排树也挡不住灰扑扑的路旁。但所幸大厅里暖气开得很足，我朋友每天都给我泡很好喝的伯爵红茶。我坐在红色软椅里，满耳朵都是各种成功律师的经验与案例，第一次清晰地觉得，原来我是真的游离在这两种世界的边缘。

其实很多时候，我和文档都在对坐，我看着它，但是不碰它，当然，它也不来惹我。其中寂静的氛围很是诡异，并不是没有顺延下来的情节，也不是不清楚究竟该怎么对话，就是很单纯地不知道该怎么写才最好。面面相觑很久，最终还是爱恨交杂地把我的小粉红一巴掌拍下，然后灰溜溜地回到被窝，并且警告自己，不熬夜是乖的，但是你明天白天必须狂飞一万。

　　我好像从来没有说过，关于"遥不可及"，我最喜欢谁。是雍川。
　　难以置信在我打下"雍川"这两个字的时候居然心里一紧——真是矫情。但是在"遥2"中，我没有正儿八经地写到这个男孩子。相反，我写了一个比他更小的小女孩，和小女孩的同桌。
　　樱桃、白熠、周淮南，他们三个初次和大家见面，所以还请大家多多关照。
　　按理来说，写到这里，我应该大概来说说这次的故事到底都讲了些什么，于童、何昭森，以及宋颂是不是有了些不一样的变化，但我发现，我好像有些干不来这种精简概括的事。不过，也许也不太要紧，反正故事和我满满的诚意都已经在这几页纸后面，准备好了。
　　最后，郑重地和所有期待这本书的人道个谢。久等了，希望不会令你们失望。

                                                            姜辜

· 快问快答

原来你是这样的姜辜

对刚认识的人会用什么作为开场白？

就笑啊……然后不熟的时候说话有点客套这种，这方面大家都差不多吧感觉。

最近在朋友圈发了什么？

我没有朋友圈。大声告诉我，我冷不冷、酷不酷！

多久换一次微信头像？

不定时的。因为我和伞哥琳达还有露露用同系列头像很久很久啦，要换的话就是四个人一起决定下一个系列然后一起换这种。

睡前一般要玩多久手机？

这点我做得超好，最多十分钟。如果那天擦了 VC，大概就控制在三分钟之内。

上一通电话打给谁？

十多年的好朋友。女的。

现在最想听哪首歌？

最近脑子里一直在循环，我喜欢上你时的内心活动。

去 KTV 的必点曲目是什么？

看时期的！但是每次都会点田馥甄、梁静茹、孙燕姿等等人的歌。

给自己的唱功打几分？

7 分吧。上次年会唱得太烂了！请组织给我一个正名的机会！

一直想去但没有去过的地方是哪里?

尼泊尔。

收到过最不可思议的礼物是什么?

忘了,太久没有收到过正儿八经的礼物了。

成年人的世界不都是直接给钱然后让我自己去买的吗……

有没有一种曾经打心底厌恶现在却渐渐爱上的食物?

嗯……白萝卜?不能算渐渐爱上吧,只能说,愿意咬两口了。

最近让你看哭的一部电影是什么?

《一条狗的使命》……吧。

如何向家人表达自己的爱?

被念叨得很烦的时候也尽量保持心平气和。接受他们在大事上的建议。多回家。

有没有最想戒掉的一句口头禅?

没有。虽然挂在嘴边上的几句话都有点没素质,但是,还是,都是很能直接表达情绪的。

最想尝试的一项极限运动是什么?

最先想到的是蹦极……然后还是别吧,我有点害怕摔死,一听就很痛。

如果你把自己到目前为止的人生写进书里,小说名字会是什么?

《论一个好坏参半的小女孩》。

还会写"遥3"吗?

不知道哎。看大家吧。让我们 2019 年见。

想对读者说句什么?

不管哪方面,我都挺多毛病的,所以,非常真心地谢谢大家愿意花时间在我身上。谢谢。

目录
CONTENTS

第一章
DIYIZHANG

住在一片森林里

凌晨两点二十七分，于童醒了过来。

房子里不算太寂静，她努力了很久，也还是没有把空调的送风声和香薰加湿器的出雾声给区别开来——算了，这其实也没什么大不了的。

于童在一片幽黑中劝慰着此刻莫名较真的自己。就算刚苏醒过来的听觉有些迟钝，但嗅觉一定灵敏一些吧？一定的，她在某本书里看到过。既然是书上说的，那就不会错得太离谱。

于是，她郑重其事地做了一个深呼吸。随着胸膛被某股温柔的力道缓缓地撑开之后，她手底下的床单也无意识地连带着皱了几分。

谢天谢地，今晚是苦甜参半的洋甘菊味。不算太讨厌。

那么，除了洋甘菊之外，空气中飘浮着的，还有什么呢？

于童继续闭着眼，像是探宝似的用鼻子仔细地在黑夜中摸索出了一件件物品的轮廓。

地板是松木做的，为了美观和防蛀，它们被刷上了一层名字听起来很厉害的油，这层光亮的油不厚也不薄，但已足够让人们再也无法联想起森林或者自然之类的词语。

从木地板往上走一点，是一块很大的、不规则的雪白羊绒地毯。虽说现在是夏天，但于童很满意这一点，因为有了它，她就可以非常方便地蹭干脚底板上的水，而不再需要一块婆婆妈妈的毛巾。短短的羊绒粗糙又柔软，有一种傻气的乖巧。总之，因为这块地毯，于童非常英勇地接受了铜锅里涮羊肉时的那股子膻味。用宋颂的话来说，就是没脑子的爱屋及乌。

再往上，就是此刻被睡得乱七八糟的床单了。于童有些困难地在脑海中做起了选择题——现在睡着的这套床品，到底是浅色的小花朵还是深一些的条纹？它们摸上去是一样的质地，闻起来也是差不多的味道——算了，她认输了。

她必须得睁开眼了，然后，她伸出手，轻车熟路地摸到了壁灯开关。

灯被打开，暖橙色的光芒就像潮水似的无声无息地涌了进来。

一切熟悉无比，黑夜和睡眠没有篡改任何东西，房间里的所有摆设，都是她入睡前的老样子——哦，除了床头的那杯水和地毯边的那双拖鞋。

显而易见，这不是她准备的，她活了二十多年，从来没有为自己这么周到过。

——何昭森。

念及这个名字的时候，于童的心实实在在地颤动了一下。

可能是因为深夜的倦意和还没散干净的睡意在她身体里缠成了一个巴掌大的毛线球，又可能是因为何昭森对她来说的确是个熟悉到不能再熟悉的人，总之那颗在上一秒颤动着的心，真的就只是轻轻柔柔地颤动了那么一下。然后，她想起来，刚刚梦见的，就是何昭森。

倒不是为了要迎合梦见谁，就该去见谁这种莫名其妙的矫情理论。

于童现在去找他，是有正事的。

"果然又在这里。"

于童用一根食指推开了书房虚掩着的门。台灯的光比平常暗许多，窗帘也只拉了一半。

何昭森坐在老地方，藏蓝色的长袖睡衣被挽到了手肘处，他没有开电脑，所以于童能毫无遮拦地看清他整张脸——眼睑微微下垂，是他思考什么东西时惯有的样子。

"你卧室也开着灯。"于童说话的语气和她此时迈的步子非常默契地保持了一致——都非常非常轻，"浪费电。"话音刚落，她起床时临时扎的低马尾就散了，皮筋落在了地毯上。

夜色像水一样灌满了这间房间，何昭森被泡得久了，向来清冷的脸上也隐隐地浮现出了一层松散又温戚的柔软。

"头发散了。"他出声提醒，但他知道于童一定懒得弯腰去捡了。

"我知道——才不要你提醒。"你看，果然。

于童嘟着嘴，像一个在家长面前逞强的小朋友，不过这把了不得的气势并没有烧多久，她败给了何昭森手边摞成小山的书本和文件夹："这么晚了，你还在忙啊？"

"没有。"为了证明真的没有在忙，何昭森下意识地将离自己最近的钢笔拿远了些，然后他再次抬起头，很浅地笑了一下，"离你起床还有六个小时，要不要再给你热杯牛奶？"

"不要了。"于童摇着头，一如既往地抱着膝盖，蜷缩着坐在了书房中央的布艺沙发上，"大半夜喝奶制品很容易长胖的，我才不想下周五穿不上那套婚纱，我和宋颂辛辛苦苦挑了那么久——"她毫无征兆地就停了下来，接着整个人顺势倒进了沙发的柔软里。

头发遮住了她大部分的视线，倒下之后的角度也变得有点刁钻，总而言之，此时此刻的她，如果想要继续准确地看着何昭森，就得花一些力气了，所以她一本正经地用力问道："何大律师，你为什么要买一个咖啡色的沙发放在书房里？难道你不觉得这个颜色一看就让人昏昏欲睡，然后做什么头脑都不清醒吗？"

何昭森又笑了。

因为这沙发是四个月前的于童拍着胸脯向他极力推荐的，特别是颜色这块儿，于童满意得不得了，一直叽叽喳喳地说着这个咖啡色看起来就很暖和很甜——暖和还说得过去，而喝惯了清味咖啡的他其实是不太能理解甜这种说法的。不过无所谓，他看得出来于童是真的喜欢，既然她喜欢，顺着她的意买下来就是了。这世间的事，大多都有一个最简单的本质。

所以，何昭森笃定于童一定又是在故意虚张声势，途径是沙发，最终的对象是他本人。

"怎么？"

何昭森不紧不慢地从书桌后走了出来，越是靠近于童，那股只在于童身上存在的清甜香味就越清晰，最终他蹲了下来，单手将散落在于童脸上的头发都一一拂开。

说实话，同居之后的于童长胖了一点，最直观的表现就是下巴没有那么尖了，两颊也开始鼓出了一些肉——就像是回到了那段十四五岁，还没有来得及受伤和决裂的日子，粉粉嫩嫩的娃娃脸像是多汁的水蜜桃，偶尔的放声大笑真的会给人一种银铃响动的错觉。

何昭森喜欢这样的于童，所以他把声音放得又轻又柔，就像是怕吓坏了那些好不容易才长回来的婴儿肥。他看着她盈盈闪动的眼睛，问："明天的事——就真的让你这么紧张？"

"你瞧不起谁呢？"于童嘴硬，"不就一个毕业典礼。我又不是毕不了业，我怕什么？"

"中考前一晚拉着我去吃了一顿三个小时的火锅，破天荒地在酱料里给自己加了一大把香菜，结果难吃到差点哭出来。高考前一晚给我打了一个两个半小时的长途电话，除了第一句的那声喂，接下来的每一个字都是在骂我，没记错的话，你骂着骂着还咬到了舌头……"

"喂，何昭森。"于童干脆地打开何昭森还在摩挲着她耳垂的手，一骨碌坐了起来。

可就算是这样的姿势和角度，她也还是没有办法做到俯视何昭森——真讨厌，她在心里咬牙切齿，要是自己能长得再高一些，说不定刚刚那层泄掉的气势也能再跟着蹿个几公分。

"我问你。"于童很认真，"杀人的话要判几年？"

"你想杀谁？"何昭森站了起来，背对着于童去找空调遥控器。

于童没有正儿八经的睡衣，因为她更喜欢穿何昭森那些穿旧了的棉质 T 恤睡觉。今晚选中的 T 恤是纯灰色的，领子对她来说有些大，光秃秃的锁骨和若隐若现的疤痕，以及她折叠在沙发里的两条腿就这么大大咧咧地暴露在空气中。何昭森担心她离开被子太久了会感觉有些冷。

"你。"

一个简单的音节在背后响起，但是拿着遥控器的何昭森并没有做出什么反应，或者说，是他对这个回答毫不意外，然后他转了过来，发现于童正以一种类似期待的眼神看着他。

"你就不想听听原因吗？"于童眨了眨眼睛，"我嫁了一个律师，所以一定程度上，我也是个讲理的人——所以你真的不打算听听我的原因吗？"

"好，你说。"可能是那句"我嫁了一个律师"让他心里突然塌陷了一小块柔软的地方，也有可能是那句"我也是个讲理的人"让他觉得于童有种莫名其妙的可爱。

总之，他点了点头，甚至还配合地将书桌上的那盏台灯拧得更亮了些："我在听。"

"你看啊——"于童拉长了音调，"你知道我那么那么多糗事，我却半件关于你丢脸的事情都没有。多不公平啊，万一某天你开个讲座把我这些事都讲出去，那我不得——"

"于童。"何昭森打断了她，"如果是为了糗事，那么你不能杀我。"

"为什么？"于童不解，尽管她也知道刚刚的自己都是在胡说八道。

"因为我和你一样，都因为明天的事紧张到有些睡不好——不，你比我强一点，我是压根就没有睡着。"何昭森笑着走近于童，停下的时候还顺手摸了一把她的头。今晚刚洗的，茉莉花香不轻不重，恰好是合他心意的程度，"怎么样，算是知道了一件我的糗事了吗？"

"这算什么嘛，我的毕业典礼你跟着瞎紧张什么。"她小声地嘟囔着，眼睛却突然亮了起来，"喂，你别想套我的话。我早说了我不紧张毕业这件事——"

"我说的'明天的事'，不是指你的毕业典礼。"何昭森从书桌的某个文件夹里拿出了一沓四四方方的纸，不算太厚，白色和香槟色交杂，看起来很精致，"我指的是这个。"

"行吧。你又什么都知道了。"于童觉得有些沮丧，好像不管怎么绕圈子，她都瞒不过眼前这个人。

"睡不踏实？"何昭森虽然用的是疑问句，但话里的语气却很肯定。他知道于童的，每每有什么重要的事要发生，她都会紧张得睡不好——明明是一个那么嚣张的小姑娘。

"嗯。"于童是故意不看何昭森的。

她一边含糊地点着头，一边从他手里将那堆看起来精致的纸给接了过来，然后她的思绪就在此时发生了一场非常微妙的停顿——白色，香槟色，照片，还有几行字和几个数字。

她认认真真地看着它们，就这么愣在了原地。好像在这个瞬间里，她只能被动地去接受外界的一切，而无法在自己的脑海里形成一些相对的东西。

不过这场像是停电般的事故非常短暂，大概只维持了两三秒，于童就反应了过来——她拿着的，不仅仅是一堆看起来很精致的纸，它们还有一个更郑重的称呼——结婚请柬。

宋颂曾问过于童为什么要选在毕业典礼那天送出结婚请柬，明明她又没有请什么同学。

"那不然呢？"于童一边挑着冰沙里的草莓果肉，一边半眯着眼睛反问宋颂。说真的，她觉得今年夏天比去年热多了。看来科学家们整天挂在嘴边的全球变暖，也不是没有道理。

"这太不像你的风格了。"宋颂困惑地皱起了眉，"你们又不是毕业第二天就办婚礼，为什么非上赶着毕业典礼这一天忙活？上午参加典礼，下午顶着大太阳挨个送请柬——拜托，你明明是棺材上最后一颗钉子钉下来才会开始着急的人。"

"不是这样的，宋颂。"其实于童知道宋颂说的都是对的，"这不一样。"

"哪里不一样？"宋颂的求知欲被点燃了——这可是一件很难的事。

"仪式感。"于童强调着，"重要的是仪式感。你懂吗？"

"不懂。"宋颂诚实，且干脆地摇头。

"这么跟你说吧。"于童手中的勺子重新回到了透明的玻璃碗里，器皿相撞间发出了清脆的一声响，"认识你的时候，我已经很不爱念书了，所有的课都是能逃就逃，待在学校的每一秒都像是在煎熬。但是你还记得高二那年的元旦夜吗？"

"记得。"宋颂记忆犹新，"我们在网吧里连坐打游戏呢，然后李昊这孙子突然进来说了句什么惹你不开心了，你拿起书包就跑了，我还事后把他收拾了。"

"不，他没有惹我不开心。"于童笑了，眼睛变得弯弯的，"他只不过说了一句'没想到学校取消的元旦晚会还是按时上了呀'，他就只说了这么一句话。"

"难道你是跑回学校去看晚会了？"宋颂不可置信地倒吸了一口气，"不是吧，于童，我还以为带着你在网吧里打游戏吃泡面是最浪漫的过节方式。"

　　"晚会很无聊，比不上游戏一半有意思，而且那天晚上大礼堂里的空调坏了，我站的位置刚好是一个风口，北风呜呜呜地在我耳边喊了两个半小时。"

　　"我看你——"宋颂纠正了一下主语，"不，是那时候的你，一定是脑子坏掉了。"

　　"可是宋颂，你知道吗。我一直是这样想的——"

　　于童看样子是丝毫不介意六年前脑子坏掉的自己。

　　因为她的眼睛变得更亮了。只是宋颂有些词穷，暂时想不出什么贴切的形容词。

　　"我们每天过着的日子就像是一条很普通的直线，直到遇上了一些什么很重要的事情，那天的日子才会从直线的一段变成一个圆点，比如元旦，辞旧迎新的日子——"其实于童也不确定宋颂到底能不能弄懂她这种莫名其妙的理论，但她也还是接着说了，"所以哪怕游戏很有意思，元旦晚会很无聊，我也还是会选择去看元旦晚会——游戏哪天打都是一样的，可元旦晚会就不行了。遇到了直线中的圆点，那天就必须过得像样点，有氛围一点。"

　　"这就是你所说的仪式感？"宋颂问。

　　"差不多吧。"于童又笑了，不过这次是带了些不好意思。

　　"我想结婚这件事怎么着都比元旦这种日子来得更重要吧——别，别误会，这跟喜不喜欢何昭森没关系。虽然你老早就知道我跟他领了证，可是正儿八经对外界宣布，还是以寄出那张轻飘飘的请柬为准吧？别人看到那张请柬之后才会说——哦，原来他们结婚了啊。"

接着，她像是有些苦恼地皱了一下眉。

"可是我看了一下，一直到办婚宴的前一天也没有撞上什么像样的日子。虽然毕业典礼这种事对我来说也没有什么意义，但是矮子里面拔将军，它算是最像圆点的一天了。"

"懂了。"宋颂一锤定音，精简概括，"仪式感嘛，四舍五入，就是作。"

作也认了。

于童想，毕竟她一直用执念在乎着的东西，也就只剩下这些了——哦不，其实，还有的。

"我以为请柬上面的字会是电脑打印的。"

于童一连翻了好几张请柬。她认得何昭森的笔迹。

"本来是这么打算的。"何昭森顿了顿，这样的事他也是第一次做，所以他此时有些拿不准该用什么样的语气，"但是我想了一下，觉得还是自己来写比较好。"

"你是因为在写请柬才没有去睡的吗？"话一出口，于童就有些后悔。毕竟何昭森从来不做这种类似临时抱佛脚的事情。明天要发的请柬，他肯定提前好几天就已经准备妥当了。

"傻不傻。"何昭森将台灯的亮度调了回去，于是夜色又浓稠了几分。他原本以为于童更感兴趣的问题会是为什么手写的就要比电脑打印的好，"请柬上的字明显都已经干透了。"

"这是你的，这也是你的。"于童不理会何昭森的回答。

她抿着唇，像是一台被设定好程序的机器人，两只手不停地将请柬一张张地翻开，毫不意外，上面的宾客她都不认识："看——我连翻了十几张，都是你的。"

何昭森一愣，接着他又重新蹲在了于童的面前。

他伸出手掌，将于童那两块纤细的，但是没什么温度的小膝盖骨给慢慢覆盖住了。

这个看起来很温馨的画面被定格之后，何昭森才反应过来，原来于童已经在过去的某个时间点里换了一个端正的坐姿——无声无息的，让他想不起究竟发生在哪个具体的时刻。

不过这不重要，重要的是那件让于童睡不好的正事，她终于要开口讲了。

所以，他低声道："说吧。哪里不满意？"

"没有。"膝盖上传来的温暖让于童的身体溢出了一种类似乏力的酸涩感，她看着何昭森，非常用力地摇了摇头，重复道，"没有。我没有不满意的地方。请柬做得很漂亮，上面贴的照片也是我看起来最瘦的那张。婚纱有一个大拖尾，婚宴菜单基本都是我爱吃的——"

"可你现在不开心。"何昭森打断她，"于童，你瞒不了我的。"

"你又拿这种讨厌的语气跟我说话。"于童皱了皱鼻子，"别以为我不敢……"

"你当然敢。你都要谋杀亲夫了你还有什么不敢的？"

何昭森笑着用手掌握了一把于童的膝盖骨，力气不大，惊动不了那根被命名为疼痛的神经，但于童还是下意识地朝后方瑟缩了一下。

"现在。"他直直地看着她，"回答我的问题。"

"你们男孩子是不会懂的。"于童老实了下来，但眉眼中残存的那丝愤然却依旧像和谁在赌气。

"鬼知道为什么当初我们就真的去民政局领了证——你跟我不一样，你是学法律的，你肯定知道那栏'未婚'变成'已婚'意味着什么，但我没有那种概念，甚至我常常会忘了这回事，因为我觉得和之前的日子没有什么区别。直到上次我无意在户口本上看到'已婚'两个字的时候，我才反应过来，原来这就是真的结婚了——当然，我们也可以明天就去办离婚，可是就算这样，'已婚'也不会变成之前的'未婚'了，它只会变成'离异'——这两个字好难听。所以何昭森，这件事其实很严重。你知不知道? 你知道的吧? "

何昭森点头，决定不告诉于童其实一开始她就下了"你们男孩子是不会懂的"这个定论。

"可是结婚这件事也太不公平了。"

于童定定地看着何昭森，没有要停下来的打算："对于你们男孩子来说，结婚不过是做了一个加号而已，你们原本的东西都不会变，一切都有增无减。可是女孩子就是一个很大很大的减号——不，不对。"她摇着头，认真地纠正着自己的比喻，"应该是将自己整个刨起来——对，就像是一棵树一样，结婚之前一直长在 A 森林，可是结婚之后就要把自己连根拔起，重新栽进一片陌生的 B 森林了。"

"我承认，就算我们认识了这么多年，我这里也还是有一些你不够熟悉的人。"

何昭森又想起了于童刚才翻请柬时一闪而过的表情。可惜太快了，在他还没有找到一个确切的形容词时就已经如浪花退潮般消失殆尽了——但现在他找到了，是落寞。

是一大块，一大块，像是老旧墙皮剥落的落寞。

"但我可以向你保证——"

"不，不是的，何昭森。"于童有些急切地摇了摇头，"我不是这个意思，我不怕把自己连根拔起，也不怕去你那边的森林——重新扎根再长就是了。每个女孩子都要经历的事情，我凭什么就要矫情得做不来呢？我只是……只是……"她的声音低了下去，连带着整张脸也垂了下去，"只是有点害怕。就算每个女孩子都会从 A 森林搬去 B 森林，可是她们不会像我一样压根就没有所谓的 A 森林吧？我爸爸妈妈——就是你知道的那个爸爸妈妈，他们都已经不在了。我也不知道自己另外的爸爸妈妈是谁，他们还在不在，他们知不知道我要嫁人了——我不是在害怕以后没有一个可以收留我，替我出气的娘家。宋颂那么凶，绝对比别人家的娘家好使一万倍——可是何昭森，你知道，那到底是不同的。"

"我刚刚翻请柬，全是我不认识的人——我知道是这样没错，因为要请谁，你和何叔叔都提前和我打过商量的，可是我……"于童用力地吸了一下鼻子，忍住了涌到眼眶边的热意，"我只要一想到我站在 B 森林，往应该是 A 森林的方向望去，除了光秃秃和荒凉之外就什么也望不到的时候，我就真的，真的有那么一点点不好受。"

算了。于童想，既然不好受这回事已经承认了，那就干脆大大方方地让眼泪也落下来。

反正她再丢脸的样子，何昭森也见过了。

"你放心。"何昭森缓慢，但是仔细地抹干净了挂在于童下巴处的眼泪，"我以后不会欺负你的。"

"呸！"于童终于破涕为笑，但眼睛里还有多余的水分在往下掉。"谁欺负谁还不一定呢，你现在就出来装什么好人？当心以后脸都被打肿——完了，何昭森，你说我是不是得了婚前恐惧症？"

"交给我。"何昭森知道于童一时间没有反应过来他在说什么，但他仍旧重复了一遍，"这件事交给我。"

"什么？"于童一头雾水，"洗衣服？做饭？洗碗？还是擦地板——"

"其实在你进书房之前，我一直在看请柬上写的字。"

何昭森的目光突然变得沉寂起来，他看着她，仿佛在看一件稀世珍宝："我这一个星期以来，写了不知道多少遍的何昭森与于童——多到我都快不认识这几个字了。可是很奇怪，就算看着不太像我们的名字了，我也觉得，那五个字，好像天生就是长在一起的。"

于童愣了一下，泪痕犹存的脸隐在半明半暗之间，煞是动人。

然后，何昭森就觉得他也许应该收回前一秒那个恶俗又浮夸的比喻——毕竟再稀世的珍宝，在他心里，也抵不过半个于童。

"别哭了，肿着眼睛拍毕业照不好看。"

再肉麻一些的话他也讲不出口了，所以只好更加专注，更加用力地看着她湿亮的双眼。

他这么看着她，无非是希望她明白，森林也好，深海也好，他都会——不，是一定会，好好地珍惜。

第二章
DIERZHANG

半苏山

何昭森从来没有告诉过于童，他对隧道有种莫名的好感。

由他掌握方向盘也好，只是单纯地作为一个乘客也罢，他都非常享受在隧道里穿行的那几分钟。悠长的环形通道模糊了那条将白天与黑夜划分开来的分界线，所以无论车速提得有多快，人的感知都会变得黏稠且缓慢，好像除了呼吸以及窗外那阵必定会激荡起来的风之外，就什么也感觉不到了——如果碰巧隧道里的灯是暖黄色的，那么，这种感触会更深。

于是悄无声息地，一秒钟变成了一分钟，一分钟变成了一小时。

他喜欢这种肃穆安定，浩浩荡荡，没有缝隙也没有尽头的缓慢。

"好热。"

车子从隧道驶出，突然明亮起来的光线，让坐在副驾驶位上假寐的于童被迫接收到了一大片薄如蝉翼的血红色——就像是一片无边无际的水域，不过遗憾的是于童不怎么喜欢这个颜色，所以她选择睁开眼睛，从那里跳了出来。

"热？"何昭森应声放慢车速，空出一只手将冷气调低了两度，"22℃，不能再低了。"

"不是我热。"

于童一边摇头一边将身子坐直了一些，她不爱系安全带的毛病还是没有改过来，接着，她伸出她光秃秃的淡粉色指甲盖在车窗上连敲了好几下："我是说外面看起来好热。"

"外面……"何昭森顿了顿，下意识地朝车窗外望了一眼。

天很蓝，云很白，道路两边的杜英树被盛夏的阳光晒得仿佛下一秒就要化成一摊绿色的液体了，何昭森就这么粗略地看了一眼，然后迅速将眼神给收了回来。

风景不算太差，可他得保证于童和尾箱里那摞礼物的安全。

一共是 27 份，正好是半苏山孤儿院统计出来的最新孤儿数量。

"当然会热。"何昭森说，"现在是夏天。"

"对了，何昭森，我跟你讲——"

于童微微仰起脸，连带着大半个身子都朝着驾驶位的何昭森转了过去。不出任何意外，她看到的是一张正在认真开车，轮廓分明的清瘦侧脸。睫毛很长，山根很挺，下巴上还有一道浅到快要看不出来的一字形伤口——那是她上个星期弄上去的。

因为她觉得在一堆泡沫里刮胡子肯定是件特别好玩的事，可当她真的从何昭森手里接过那把还带着他余温的小小剃须刀时，她才发现，原来剃胡子，也是需要一定技术的。

一不小心，她就在何昭森平滑的下巴处拉出了一道口子。

当然，何昭森是舍不得怪于童的——毕竟他也难得看到她如此懊恼和关切的样子，但血，也不能白流。于是，何昭森就以这个其实他第一时间就预料到的结果，成功换回了薄荷味的刮胡泡。

事后，于童愤愤地想，律师这种生物，果然最会斤斤计较，又不愿意吃亏了。

明明柑橘味的刮胡泡闻起来可爱那么多。

"什么？"他问。

"我刚刚做了一个梦。"

于童看够了，又重新将自己塞回了柔软的真皮座椅里。

"我梦到我回到了刚分班不久的高二。文科班的教室好烂，两台快要报废的旧电扇在头顶咿咿呀呀的，可我坐在底下吹不到一丝风。好像是数学课，又好像是地理课——管他呢，反正我听不懂。就在我在心里想着到底是老师比较吵还是窗外的蝉比较吵的时候，宋颂出现在了后门，她端着一杯金橘柠檬水冲我眨眼睛，说都要放暑假了你还在这儿上什么课呀……"

"然后呢？"何昭森接着问。

于童似笑非笑地叹了口气。她想，除了何昭森，她好像再也没有遇到过这么会在长对话里插进"然后呢""所以呢"之类的人了——宋颂不能算进去，毕竟她俩聊开了之后就会变成两杆鞠躬尽瘁的机关枪，一定要朝对方突完最后一发子弹才算得上所谓的尽兴。

但何昭森不同，他明白于童的意思，他知道她想要在哪里停顿下来，然后稍微换口气。

"然后我就醒了呀。"

"你真的睡着了？"何昭森的怀疑丝毫不加掩饰。

"当然！"于童下意识地把这两个字咬得特别重，"路上这么无聊除了睡觉我能干……"

"可是出门的时候我看到你把睡眠糖偷偷吐掉了。"

"喂——"于童一窘，耳根子的红和那股去不掉的孩子心性同时涌了上来，她不服气地瞪着何昭森，满脸不乐意，"好好说几句话就那么难是不是——你非得拆我台才满意？"

"睡眠糖就那么难吃？"何昭森一直没有告诉过于童，她气急败坏的样子特别可爱。

"我本来就不喜欢吃软糖啊，软趴趴的，总让我联想到毛毛虫或者蚕蛹之类的东西。而且它的味道也太奇怪了吧，居然还好意思在瓶子上画那么大一串蓝莓，我看它就是——"

在脑海中费力搜索相关词的于童最终还是放弃了，她发现她自己压根就想不出一些好听的书面化比喻："就是那种要烂不烂的小柿子，你吃过吗？"

三点半过后的太阳已经开始往西边走了。

好几束光直直地打进了车厢内，颇有些追光灯的架势，透亮、炽热，偶尔刺眼。不过此时灯下的主角并不是你方唱罢我登场的演员们，而是那些正不断浮动和旋转着的细小灰尘。

然后，一个尖尖的乳白色屋顶就这么突兀地出现在了一片空阔的视野中。

有些年头了，这是何昭森的第一反应。

在白日强光下，它整体的陈旧感和那几条明显到扎眼的裂缝已经无处遁形，但也不算太糟糕，至少作为建筑物该有的尊严和骄矜，它没丢。

他渐渐加重了握在方向盘上的力度——越来越接近了。一时间，他甚至有些分不清到底是车子本身的轮胎在运作，还是这屋顶的背后藏了一只无形却巨大的手。

"那么难吃的话，以后就不吃了。"最终，他话锋一转，将车子停了下来。

那个竭力效仿着教堂风格的乳白色屋顶，就是今天赶了两个半小时路程的目的地。

同时也是之前徐婉在病房里跟他提过的，那家她将于童带走并领养的邻市福利院。

规模的确有些小，位置也比较偏，但所幸名字特殊——半苏山，所以认真找起来时也没费什么大力气。这个曾经一度让何昭森觉得遥远到天边的地方，如今终于从单薄的对话和苍白的资料里走了出来。它活生生地、岿然不动地立在了离于童不到一千米的地方。

于是，何昭森熄火了。坦白地说，就是他心疼了。

他非常仔细地回想了下，其实除去发请柬的前一晚于童表现出明显的异常之外，其余时间——甚至在他联系到半苏山孤儿院的负责人时，她都依旧是那个最像于童的于童。

那些在旁人听来不着边际的话，那些沾着眼泪的难过和软弱，它们统统都变成了黎明前的最后一颗露珠，日出一照，便再也无迹可寻。

但于童不知道，她越是一副没心没肺、大大咧咧、满不在乎的样子，他就越不知道该拿她怎么办才好——安慰，或者不安慰，都显得不那么合时宜。他了解于童的，他知道她其实是个非常害怕生活轨迹被改变的人——而这个孤儿院，一定拥有着改变某些东西的力量。

何昭森非常笃定。他的直觉，向来很少出错。

院长是一个四十多岁的女人，至今未婚，忠实的基督信徒。

她留着齐耳的短发，皮肤很白，身材偏瘦——或者说是干瘪才更适合，总之，她今天选择的连衣裙并不适合她的身材，太宽松了，遥遥望去，就好比是一片叶子无意中覆住了一根纤细的树枝，并且还存在着随时被风一股脑卷跑的隐患——她自己也是知道的。但没有办法，盖过膝盖的长度，厚重单调的深系纯色，它们对正式与端庄来说，是不可或缺的因素。

迎接客人时，她需要做到这两点——更何况今天的客人，不似平常。

他们约好了时间，是下午四点整。

"嗡……嗡……嗡……"

放置在大厅角落里的怀旧款落地钟开始打鸣了，一天二十四个小时，每个小时的开端连打三下，那么一共就是七十二下。她在半苏山孤儿院里待了二十几年，除了孩子们的哭笑打闹，听得最多的，就是此时身后的整点打鸣了。

对这面大钟，她能毫不心虚地称它一声老伙伴。有了它，这么多年，其实也不算太孤单。

关于岁月的事情总能叫她心里发软，可是她也来不及回忆更多了，因为那辆黑色的小车已经缓缓驶进了水泥坪——她特意记过这辆车的车牌号。

"没想到你们这么准时。"

衔接水泥坪和孤儿院第二扇大门的是一段由石板路敲成的阶梯，有些长，也有些陡，不少的孩子在这里摔过冤枉跤。院长的深棕色平底鞋很新，此时正一阶阶地往下踩，她想，要是下一次工程队，再拿出迫于地形不好改造之类的借口，来回绝孤儿院想要修整阶梯的想法时，她就一定要将这个报告打上去了。接着，她停下来，两手交叠放在腹处，并对着面前两个年轻人笑了一下，口气和蔼："我们这里曲曲折折的有一些山路，辛苦了。"

"应该的。"何昭森微微颔首，很明显地感觉到身边的于童往后瑟缩了小半步，就像一只被踩了尾巴的猫，"没猜错的话，您是陈主任之前在电话里跟我提起过的马院长。"

"对，我是。何先生你好。"

马院长笑意不减地点了点头，大概是工作使然，微笑是她最拿手，也是最常见的表情，没有之一。

"你联系孤儿院的那几天我正忙着带院里的一个孩子去城里做检查，一回来，老陈就告诉了我关于你们要来这件事——"

话匣子一打开，马院长对于眼前的种种也跟着变得琐碎和细心起来，她说着说着，目光就落到了坪里："你们其实可以随意停车的，我们这儿没什么人来，所以也没有划分出正儿八经的停车位。你们要是停在西南方向的角落里就最好不过了，那里有棵大榕树，它的树荫能帮你们的车遮掉一些阳光。"

何昭森不回头也知道马院长所指的西南方具体是个什么样子，他一进来就注意到了，不过倒不是因为那棵繁茂的大榕树，而是因为那棵树下有一些供孩子们娱乐的设施，比如秋千、沙池、跷跷板之类的。

"没关系。"他说，"停在哪里都一样。"

"现在天热，孩子们下午都不出来玩了。"马院长知道何昭森在意的是什么，"而且几个特别皮的孩子现在睡着了还没起呢，不用担心车子会磕到碰到他们……"

"那也不行。"于童想也没想地就顺嘴接了话，"万一呢？万一要是有小孩子趁着现在没人跑出来偷偷玩呢——我就会这么做的。多好呀，玩什么都可以特别爽快不用排队。"

闻言，马院长柔和平静的神情突然折射出了一些类似惊喜的神采，她的脸，甚至连她的脖子都下意识地向前倾了几寸，可就算是这样，她也只能看见于童的一双眼睛——没办法，这个小姑娘至今还将大半个身子藏在何先生之后。

她不知道该告诉谁，其实从相见的第一眼起，她就在等着这个孩子开口说话。

"于童。"或许是因为刚才突如其来的打断有些不礼貌，又或许是因为过场的寒暄也差不多见底了，总之，何昭森侧过头，像是在哄孩子似的低声跟童说话，"出来打个招呼。"

打招呼——于童从没想过这种小事也可以将她难倒。

熟人自不必提，如果是完全的陌生人，那么她也可以大大方方地介绍自己，要是心情不错，说不定还会邀请人家去宋颂的店里一起喝一杯——可面对眼前这个一不够熟二不够生，却一直在冲她和蔼微笑的女人时，她反而做不到潇洒二字了，她甚至没办法在"你好"后面理直气壮地接上一句"我是于童"。

"您……您好。"

于童咬了咬牙，将那些乱七八糟的情绪和想法统统打包成一个简略的"尴尬"后干脆地吞了下去——反正尴尬这种东西，自古至今还没能真的把谁往绝路上逼。

"马院长，您好。"她往前走了一点点，但还是没有松开正紧紧攥着的何昭森的衣角。

其实，她也不知道她到底该怎么称呼眼前的女人才好，虽然她打心底里觉得喊院长有一些奇怪，但她又觉得跟着何昭森总是不会出错的。于是，她选择了后者。

"都长成这么漂亮的大姑娘啦。"随着于童的靠近，马院长的语气也变得越来越柔，"我的名字叫马瑾意，有些难记吧？孩子们一开始都叫我马妈妈，后面觉得三个相同的音叠起来也有些麻烦，所以现在他们都喊我妈妈。"

"马妈妈——"

走近了之后，于童才发现马院长戴着一条银白色的项链，吊坠是一个十字架，精致小巧的风格和这座像是教堂一般的孤儿院很配，但可惜的是十字架已经有些泛黄和显旧了，甚至在太阳光的照耀下也没能闪出一点点夺目的光泽。

这个首饰的出现让于童认认真真地思考了好一会儿铂金和纯银的区别，自然是没能得出一个像样的结论——但也多亏了这个看似是无用功的过程，才让她在不知不觉间就放松了下来。

所以她非常诚挚，也不觉得害羞地扬起了脸庞，问："那我之前也是这么叫你的吗？"

"没有。"马院长微微地叹了口气，惊喜褪去之后涌上来的便是一点点遗憾，"你被领走的时候还好小呢，才七个月，什么话也不会说。"

七个月。

于童垂首，沉默地跟着马院长走完了还剩下一半的阶梯，然后转弯，接着好像又开始上阶梯，拐弯，上阶梯，拐弯——通往院长办公室的路到底有多长呢，她不知道，她只知道除了自己的脚步声和呼吸声之外，她什么也听不见了。

明明有风的，因为她能明显地感觉到有一阵类似冷兵器的凉意从她清瘦的脊背上掠过，所以一定是有风的，可她的耳朵却迟钝到连外界的一丁点声响也捕捉不到了。

七个月——一个什么话也不会说的婴儿。

马院长说得没错，还好小呢。

"那我是什么时候到——到这里的？"

于童顿了顿，她发现事到如今她也依旧没办法把自己和孤儿院真的联系起来。孤儿，这两个字就像柔软沙发里藏着的一把匕首，只要稍稍一放松，就会扎破她的皮肤，所以她非常没有出息地选择了"这里"这种笼统的概括词——反正，反正只要大家都能听懂就可以了。

所以，她抱着一丝劫后余生的侥幸坐了下来，办公室的藤椅上充满了水兰花的香味。

"你是已故的郑老师——也就是上一任的院长，我师范学校的班主任，你是她从医院里亲自抱回来的。我记得很清楚，因为最开始我以为你只是暂时被寄养在这里。"

马院长笑了笑，预备往热水壶里放茶叶的手也收了回来："瞧我，还没问你们想喝什么呢。你们年轻人是不是更爱喝咖啡或者奶茶之类的？我这里都有，给你们冲一杯？"

"她喝最普通的绿茶就好。"

何昭森站了起来，大手在于童的右肩膀上不轻不重地掐了一下，明明是一块细小圆滑的骨头，却莫名地让他手掌发疼："我就不用了。车里还有给孩子们买的一些零食和玩具，有些不能被太阳晒太久，我去把它们搬到面前那个用来祷告的大厅里。你们先聊。"

门开了又关，缝隙里的热气生了又灭。

于童知道，何昭森这是在给她力量，同时也是在给她空间。

"绿茶吗？"马院长问。

"嗯。"于童重重地点了一下头，接着又很用力地望着马院长埋头泡茶的背影，"为什么我是郑院长从医院抱回来的，又为什么是暂时被寄养——这些，你会告诉我吗？"

"别着急，孩子。"玻璃杯底清脆地撞击了一下透明的茶几，马院长也随之坐了下来，"我会把我知道的都告诉你。"言罢，她又笑了一下，

"小心烫。"

"郑老师有一些轻微的哮喘，所以每年开春，她都会请一天假去医院里开药。你就是那一年春天到半苏山来的。"马院长顿了顿，要回想起二十多年前的点点滴滴，其实不是那么容易，"你被郑老师抱着，不哭也不闹，乖得很。她说你刚出生还不到两个星期。"

"怪不得我不喜欢在圣诞节过生日。"于童恍然大悟，"原来我是春天生的。"

"你被抱回半苏山的缘由郑老师没有详细讲过。她只说她是在上洗手间的时候遇见了你的母亲——对，是你的生母。然后你的母亲告诉她你们家里遇到了一点困难，所以无论如何都不能把你带在身边——"

"等等！"

于童发誓，她真的不是要故意打断马院长的，可是她的喉咙、她的舌头以及她的牙齿和嘴唇都统统不受她的控制了，它们联合一心逼着她捏着嗓子颤颤巍巍地发问。

"难道在洗手间里随随便便遇见一个人就可以把孩子送出去吗——没，我没有对郑老师不尊敬的意思。我只是，只是不懂什么叫作'无论如何都不能把我带在身边'？而且'无论如何'所对应的困难——也只是'一点'的程度？"

"孩子，你先别急，我只是在大概地复述当年郑老师的意思，而你母亲和郑老师之间到底发生过什么，我是不清楚的。"

马院长放置在膝盖上的手不断地抚摸着其实没有一丝丝褶皱的深色裙子。

马院长不得不承认，于童刚刚的反应让她实打实地吃了一惊。

因为从她见到长大后的于童的第一眼起，她就觉得于童是个娇憨可爱的小姑娘，加之身边又陪了一个为于童尽心尽力的何先生，那么于童也一定是不谙世事的。可她没有想到，原来于童不仅可以将话讲得那么一针见血，连眼神也可以变得如此锋利和洞悉。

这样的孩子，让她心里一动，接着的，就是泛着酸涩和惆怅的，无边无际的痛。

"还有，你听我说完——"

像是为了要掩盖掉于童方才恨不得拷问全世界的架势，马院长微微地提高了音量："郑老师还说过，你的父母向她承诺了，要是有机会，一定会来半苏山把你接走的，而且在你没被领走之前，每个月都有给你的匿名资助——你看，你父母并不是真的那么随便和狠心的。"

于童非常浅地苦笑了一下，然后点头。

这个点头，不代表她已经接受了亲生父母用事实告诉她的没有机会，也不是她在附和马院长最后那句略显生硬的结论，她只是突然就觉得好像没有什么争论和探究的必要了。

所以她偃旗息鼓地点了点头，表示，知道了。

"然后我就被我妈妈——我是说徐婉女士，然后我就被她领走了，是吗？"

"对。"马院长轻轻地叹了口气，"领养手续是郑老师亲自办的。那个时候你的名字已经从不可被领养栏挪到了可领养——这其中的转折，我是真的不知道。我只记得你每次午睡之后都有起床气，不管谁抱你，你都会哇哇大哭，但唯独那次徐女士抱你的时候，你就不闹了。大概是觉得有缘吧，所以他们夫妻选择了你——对了，你知道你在半苏山时候的小名吗？"

阳光在此时好像又往西边走了一些，马院长的声音也变得缓慢了一些，这种缓慢和她语调里向来不缺的柔软混合了，就像是奶泡和咖啡搅拌在了一起。

"你也叫'桐桐'。不过是梧桐的桐。郑老师说你的父母就是这么喊你的。"

"桐桐？"于童不满意地皱了一下眉头，"我还以为会和我现在的名字有很大的区别。"

"你的养父母都很爱你。"马院长笑着看向于童，"一般人将孩子领回去之后恨不得来个全身大改造才好，可你的养父母没有，他们尊重原来的你，只给你改了一个相同音节的字，而且他们在过年的时候都会给孤儿院寄来一张洗好的全家福——虽然他们的确有义务向我们汇报孩子的后续生活状况，但规定上的时间也不是那么久。我记得好像收了很多很多张，到了很后面才断了……"

"全家福？"

于童模模糊糊地想起来了，以前——在他们一家三口都还在一起的时候，每到过年的前几天，于新勤总会开着那辆深蓝色的桑塔纳带她和徐婉出去拍照，她记得，冬天里潮湿又冰冷的空气，路面上爆竹燃放过后残存的硝的味道，还有调频电台里那几首来来回回的老情歌。他们总是影楼里最后的那批客人，但老板一点也不生气，徐婉会给她整理好棉袄里的小裙子，于新勤会笑着将她抱起然后亲一口她的脸颊——于童全部想起来了。她也曾这么幸福过的。

"不会有很多很多的，最多八张。"在马院长不明所以的目光中，于童非常粲然地对着她笑了一下，"马妈妈，现在你还能找到那些照片吗？如果可以的话，方便送我一张吗？我自己都没有呢。"

她不贪心，说要一张，就只拿走一张——毕竟这是长久以来粗粝生活教给她的道理之一。

尽管她在此时此刻，真的非常想念照片上的另外两个人。

"为什么？"马院长一边问，一边用湿纸巾擦拭着找照片时弄在手背上的灰。

"因为我特别喜欢这条鹅黄色的小裙子。"于童指着四岁的自己，口气听起来诚恳又痛心，"但是很倒霉，我吃年夜饭的时候光顾着看电视，一不小心就把蘸饺子用的酱料全部倒在自己身上了，洗了好几遍也还是有一大块污渍在裙摆上——"

"不，孩子，我不是在问这个。"

马院长笑着摇了摇头，她到底是没有看错人的，于童在极大多数时间里都只是一个惹人怜爱的小姑娘。

"我想问的是，为什么你都不再多问一些……关于你亲生父母的事情呢？"

"这个啊——要怎么说呢。"

于童拿着照片又重新坐回了原处，这时候她才发现面前的那杯绿茶已经冷透了。

"大概是因为电视和小说的原因吧，我总认为孤儿就是可怜兮兮、没人疼、没人爱的代名词，所以直到事实赤裸裸地摆在我眼前时，我也还是觉得我不算一个像样的孤儿——我有过很棒的爸爸妈妈，吃得饱，穿得暖，也从来没有过特别特别苦的日子。可是……"

"可是你已经长大成人，马上就要结婚了。"马院长看着于童，非常温暖地笑了一下。

"对呀。"

于童点头，发狠似的咬了一下自己的下嘴唇："我马上就要变成另一个阶段的人了，我不会再回到过去了，所以我觉得我不能在上一个阶段里留下那么一大块不确定的空白——"

接着，她顿了顿，像是在为自己接下来的话积蓄一些能量。

"马妈妈，我不怕跟你说实话，要是我爸妈——我说的是我的养父母，要是他们还在世的话，那么就算我知道了我是个孤儿，我也不会想要来找亲生父母的——有点儿没良心吧？虽然现在我只知道了一个模糊的老故事，但我也觉得自己有底气多了——我到底是怎么来的，我到底是怎么变成现在的于童的——我刚刚一直在想，说不定我对找到确切的亲生父母这回事压根就没抱什么希望，我更加需要的，其实是一些可以遏制我整天胡思乱想的事实。"

"那你还满意今天所知道的事情吗？"马院长的语调依旧轻柔。

"当然。"于童用力地笑了一下，"虽然我不喜欢过生日，也不喜欢过圣诞，但我终于可以光明正大地收两份礼物了——这么多年下来，我可真的是太亏了。"

"傻孩子。"马院长笑了，"郑老师没有跟我们说过关于你父母的联系方式，也没有提过具体的信息。接到何先生的电话之后，我和老陈也一起询问过郑老师的儿子和女儿，但是他们也都说不知道——这不意外。因为郑老师是个把工作和私生活分得很开的人。至于孤儿院这边的资料，我也只能查到当年你被于先生和徐女士领走时的一些手续。所以桐桐——"

于童下意识地点了点头，根本没来得及去思考马院长刚刚喊的到底是童童，还是桐桐。

"现在唯一能算得上确定线索的就是，当初郑老师将你抱回来的医院了。"

"医院——"

于童像是在上课一样跟着重复关键词。她的声音很小，莫名传递出了一种虚弱的感觉。马院长想，看来这场比她想象中更为漫长的对话的确耗费了于童不少的能量。马院长还在这么想着，下一秒却看见于童用力地握住了茶几上的玻璃杯——应该用了不少力气，指尖都泛白了。

"那家医院是私立的，之前叫作福安，大装修之后顺带着连名字也换了，现在是康德。我觉得你和何先生可以试着从这里找起。"马院长开始有些担心于童会将那只杯子捏碎——尽管她知道这不太现实，"要不要我给你换一杯？茶叶不是很好，冷了会泛苦，不好喝的。"

"谢谢您，不用了。"

于童站了起来，垂在身侧的两只手臂还在生硬地发着抖，险些连一张照片也拿不住了。虽然她是真的对找到亲生父母这件事没抱什么希望，但当希望实实在在出现在眼前时——哪怕只是那么一点，她也拿不准此刻的心情了——激动，害怕，期待，恐慌，渴望，又或者只是单纯的不知所措。总之，她的确是不想再喝茶了。她要去找何昭森，她现在非常需要他。

"孩子。"马院长也随之站了起来，"上帝会保佑你的，一定。还有，新婚快乐。"

第三章
DISANZHANG

阁楼上的小樱桃

　　于童是在经过了一面庞大的落地钟后，才看见角落里有个小男孩的。

　　具体是个多大的小男孩，她拿不准，她对年龄和数字之间的划分向来模糊得很。她只知道，就着大厅屋顶上那片五彩玻璃所投下来的光，小男孩圆短的寸头和那一截莲藕般的小腿显得更加可爱了，就像是《封神榜》里那个好不容易才重生过来的小小哪吒。

　　只不过眼前这个小小哪吒一点也不威风，因为他既没有风火轮，也没有火尖枪，他有的只是一双普通的黑色塑胶凉鞋，和一个标签还没有被扯掉的玩偶——于童认识那个玩偶，那是她前两天和何昭森一起去超市给孩子们选的礼物之一，女孩子是小兔子，男孩子是小老虎。

　　小男孩一动也不动地站在大厅角落里，右手紧紧地攥着兔子玩偶的耳朵尖。从背影来看，他和他的兔子似乎都和前方那片仍在派发礼物的热闹场景隔了一整个次元。

"你怎么啦？"

尽管对哄小孩没有什么信心，于童也还是在小男孩身边蹲了下来。她单手托腮，仔细地盯着小男孩肉嘟嘟的侧脸和根根分明的睫毛看。小男孩却不理会这个突如其来的造访者，他自顾自地抿着唇，像是在竭尽全力地严肃和紧张着。

"你为什么一个人站在这里？"于童发誓，要是宋颂此时听到她这种轻柔的语调，一定会大喊三声受不了，然后迅速跟她绝交一分钟的，"不光光只能拿这一个娃娃，去前面的话还会有更多礼物，我带你过去吧？"

小男孩抿着唇，仍然不说话，连眼珠子都没有朝于童这边挪一下。

"你不说话，那我就当你默认了哦——我可不是在欺负你，等到以后你长大了你就会发现大家都是这么认为的。"于童一边絮絮叨叨地说，一边伸手想去拉小男孩的胳膊，可还没等到她的指尖碰到小男孩的棉质T恤，小男孩就已经十分警觉地往斜后方倒退了一大步。他小小的身躯靠着墙，如临大敌地盯着眼前的于童。

"好吧好吧，我不碰你，我离你远一些。"扑了一个空的于童有些沮丧地举起双手投降，"那我去给你拿过来好了，除了娃娃，还有新睡衣、甜牛奶、巧克力、纸杯蛋糕……"

"糖。"小男孩僵硬地憋出一个字。

"糖？"终于得到回应，于童立马忘记了前一秒的尴尬，她再次将脸完全地面向小男孩，并用手指着何昭森所在的方向，"你是不是有点想吃那个大熊肚子里的果汁糖？"

所谓的大熊，是这次礼物中让童觉得最为满意的一个。

透明的硬质塑料被雕刻成憨厚大熊的模样，立在地上差不多有半个成年人那么高。

何昭森把大熊抬到了小桌子上，孩子们叽叽喳喳排着队，为的就是能从大熊胖胖的肚子里拿走几颗又软又甜的糖——眼前的画面和于童当时想象出的场景相差无几，孩子们清脆的笑声，亮晶晶的眼睛，以及再怎么漫不经心的呼吸，也能钻进心肺的各种水果香。

她以前可是连做梦都想和维尼熊一块玩的，毕竟这世界上能随时随地掏出一大把蜂蜜的人物十分罕见——要是能不管不顾地黏着一股沉甸甸的甜味儿，那该是一件多美好的事呢。

但可惜的是，她没想到还会有小哪吒这样的小朋友。

"我知道了。"于童信心满满地下了结论，"你一定是不想排队，但是又害怕站在大熊边上的那个大哥哥。"

小男孩又不说话了，只是直直地看着她。

"我也觉得排队很烦，特别是当你真的很想马上吃到那样东西的时候——"于童感同身受地说，"这样吧，我带你悄悄地插个队？看你一个人孤零零地站在这里好久了。虽然我偶尔也有点害怕那个看起来不怎么友善的大哥哥，但其实他也没那么坏的——只要你不是真的把他逼急了。走吧小哪吒，下次你可要……"她边说边站了起来，蹲了一小会儿，她的腿有些发麻了。

这次，她没有直接伸手去拉小男孩，而是将手掌摊在半空中，示意他自己放上来。

"不要。"小男孩认真地摇了摇头，连贯起来的声音比于童想象中要软糯许多，"我姐姐说插队是坏孩子做的事情。如果变成坏孩子，姐姐和上帝就不会喜欢我了。"

"你姐姐可真了不起——"于童挑着眉感叹，"你都把她和上帝摆一块了。"

"我有蛀牙，所以我现在不能吃糖。"小男孩吸了吸鼻子，将兔子抱进了怀中，"我是要拿给我姐姐的，她喜欢草莓，可是那个熊熊——"小男孩抬起空闲的左手指向了某一处，"它只有帽子是红色的糖，所以我就想站在这里等一等。"

"傻不傻呀？"于童笑眯眯的，其实她也不确定小男孩能不能听出她话里的怜爱，接着她将手掌翻转了一个方向，最终落在小男孩的头顶上，轻轻地揉了两下，"那只熊比你还高出两个头呢。我看你啊，恐怕得站在这里等到下雪了。"

"这么久——"

小男孩懊恼地垂下了眼，似乎是在自言自语："还不知道姐姐能不能等到下雪呢……"

"没关系。"其实童压根就没有听清小男孩的后半句说了什么，不过不打紧，反正在她心中，大人是能解决小孩一切烦恼的神奇物种，所以她爽快地给出了保证，"交给我。"

"真的吗？"小男孩惊喜地抬起了头，随即他的眼神一闪，看起来更高兴了，"妈妈！"

小男孩朝着大厅正门方向快速地跑了过去，连带着他手中的兔子都像是飞扬在了半空中。

是马院长来了。

"这里的孩子都跟着您信基督吗？"

于童顺着小男孩的方向也走了过去，还没有靠太近，就听到何昭森发问的声音。

真奇怪——于童想，何昭森明明看着不爱说话，对任何人都一副爱答不理的样子，但若是他开口，那么一定是礼貌得体，对方能回答，也愿意回答的话。

这算是律师的技能之一吗？沉默和言语，总是把握得不能再好。

于童一边摇头晃脑地想，一边小心翼翼地绕过何昭森，站在了糖果熊的斜后方。

那儿有一个方方正正的，不太起眼的小开口，所有的糖果就是以这里为起点，从而甜腻腻地灌满了整只熊。

既然没办法做到和他一样厉害，那么答应小孩子的事情就更应该做到了。

"其实也不能这么说，信仰这件事，始终是自由的。"

刚刚去食堂确认晚餐的马院长果然对这个话题很感兴趣，她一边笑，一边弯腰整理着小男孩胸前那因为奔跑而凌乱的海军领结——于童简直想不出马院长不温柔的样子。

"这里的孩子最小的还不会走路，最大的也才十五六岁，他们还没有真正弄清楚他们想要信仰什么，但是空闲时间唱唱诗歌，学一些圣经里面的道理，面对上帝时懂得诚恳和敬畏，这些，对他们的成长总归没有坏处。"

何昭森点点头，正预备再说些什么时，眼尾的余光却扫到于童已经偷偷摸摸地打开了糖果熊的顶头盖子。

"有没有洗手？"他伸出手，准确地抓住了于童，有点痒，是她又小又软的指头在他手掌间不安分地挣扎着，于是他笑了一下，"你多大？还要来和小孩子抢。"

"才不是呢。"于童着急地打断了何昭森，满脸的不服气，"才不是我要来和他们抢吃的，是他……"她朝着马院长腿边的小男孩努了努嘴，"我是在帮他给他的姐姐拿最上面的草莓软糖好不好，还请何大律师不要拿你险恶的成人世界来套一个正在助人为乐的我。"

正义凛然的演讲也只维持了一句话左右的时长，末了，于童还是稍稍底气不足地补充："我知道我没有洗手，我是打算用纸巾包着拿的。"

"姐姐？"马院长的笑意明显地凝固在了脸上，她蹲下来，紧张又关切地用双手握住了小男孩两只细细的胳膊，"好孩子，你告诉妈妈，樱桃怎么了？"

樱桃——这是于童第一次听见这个名字。她以为这是一个绰号、别名或者昵称。

"姐姐她……"莫名降临的严肃让小男孩有一瞬间的失语，他用力地吞了一口唾沫，然后才接着开口，"她今天又好疼……所以她没有出门，我主动来给她拿礼物。"

"好孩子。"马院长急匆匆地站了起来，对着何昭森和于童歉疚一笑，"我又得失陪一会儿了，我现在必须去楼上看看樱桃那孩子怎么样了。她身体不太好。"

"没关系，您请便。"何昭森一边说，一边将于童往怀里带了一下——他也说不上为什么，明明于童站的地方完全不会挡住马院长的去路——也许又是那股不知名的直觉在作祟。

"那个住在楼上的孩子，"可是他突然想起了什么，"就是您先前说带去做检查的孩子？"

"对，是她。"马院长叹了口气，"病是先天性的，暂时没办法治好，我们这里的条件也只够她吃一些基础的药。而且最近有恶化的趋势，医生说如果继续这样下去，可能下个学期都没办法去学校念书了。"

"我……我也想去看看她。"

大概是因为马院长用寥寥数语就勾勒出了一个悲惨又单薄的女孩子，于童下意识地就朝着前方迈出了小半步。她看着马院长，非常认真地咬了咬下嘴唇。

"我可不可以给她送草莓味的软糖？小哪吒说她喜欢的。"

等到真的站在樱桃房门外时，于童才懵懵懂懂地反应过来，原来樱桃住的楼上，并不是一开始她所理解的楼上——确切地说，樱桃是住在二楼男宿和三楼女宿的楼上。

在略显狭窄，暑气总是最晚消散的阁楼里，她拥有着一间单独的，一目了然的小卧室。

最角落里是一张一米二规格的单人床，因为它的宽度只够完整地放下一个枕头，淡紫色的床单上有很多朵浅白色的花，不过不知道到底是茉莉还是百合。床的不远处是一套已然泛旧，颜色深浅不一的木质桌椅，桌子上整整齐齐地立着一盏塑料小台灯、一摞书、几支笔，还有几个白色的小药瓶子——真奇怪，居然没有水杯。

"樱桃？"

于童的目光终于长久地凝聚在了某一处。

那个女孩子端坐在木椅上，背挺得很直，蓝白相间的半袖下小手臂白得瘆人，每一条青紫色的血管都清晰可见。她正翻着一本不像教科书的硬壳书，听到有人喊她的名字，她才将脸转过来看向发声处。

原来她这条棉布裙上还有一个娃娃领。

莫名其妙地，这竟然是蹦进于童脑子里的第一个想法。

"你就是樱桃吧？"

虽然循声望过来的樱桃既没有笑，也没有说话，但于童还是主观性十足地把她划分进了好相处的阵营中——为什么呢，她自己也想不明白，大概是她打心底里就认为穿娃娃领的女孩子要善良可爱一些吧，更何况眼前的小姑娘还留着一个软趴趴的齐刘海，看起来乖得不得了。

"我……我本来是和马院长还有小哪吒一起来的，可是他在上楼时摔了一跤，所以马院长就不得不先抱着他去医务室了——所以，最后就只剩我一个了。"

于童絮絮叨叨理所当然地解释着，她想这世界上大概只有她一个人才知道她刚刚站在阁楼走廊上的犹豫了——虽然到最后还是把这张门给推开了。

毕竟上楼来探望樱桃是她主动请缨的。人不可以不守信用，特别是对小孩儿。

"我进来啦，你不介意吧？"

坚守住信用的于童感到一阵莫名的快乐，甚至还等不及樱桃应允，她就已经迈开了底气十足的步子。

于童越走越近，那把木椅也随之往后推移了几厘米。

如果稍微用点心，就能很快地发现木椅四条椅腿的粗细程度是不一样的，所以它们拖拉在地上的摩擦声也理所当然的不够和谐，钝重又尖锐，似乎还伴随着一阵洋洋洒洒的木屑。

樱桃就这样从椅子上站了起来。她的动作有些慢，却荡漾着一股莫名的轻盈。

这时于童才发现，原来樱桃只穿了一双通体奶白，甚至接近于透明的袜子。

樱桃的小腿修长匀称，可脚踝却细到像是多走几步路就会折损，而袜口边缘的蕾丝正好卡在了她最为纤细的那部分上，仿佛是靠着这圈蕾丝，她的腿和脚掌才勉强地连接了起来。

"你是马妈妈和陈伯伯说的那位——重要的客人？"樱桃终于开口了，但她的声音和语调都和于童所想象的有一些出入。

因为她既不娇嗲，也没有水灵灵的青葱感。就算刚刚所说的是一个实打实的疑问句，也依旧让人听不出其中起伏，甚至连最后的几个字眼都拖着一缕类似疲惫的情绪。

奇怪。于童想，明明樱桃现在正处于一个最爱大惊小怪的年纪，她的精力应该怎么都挥霍不完才对，怎么给人一种死气沉沉的感觉呢——"死"这个字眼像是一枚坚硬的钢钉，冷不丁地就戳进了皮肉。她瞬间想起了马院长的话，以及木桌上的那几个白色小药瓶。

看来何昭森说的话还真没错，她就是又傻又没有记性。于童一边埋怨着自己，一边又忍不住为自己开脱——樱桃除了皮肤比常人白一些之外，看起来真的不像一个生了重病的人。

"你很热吗？"见于童不说话了，樱桃又朝前走近了几步。

"啊？"于童一下子有些蒙，手指却下意识地探上了自己的鼻尖，是湿的，"还好，我还好，不怎么热。"被盛夏阳光烘烤过一整天的阁楼的确是高温不退，而房间又比走廊上多出了一层窒息的意味，可她也就在心里这么想想，要真说出来，她会觉得对樱桃不礼貌，"我鼻子就是这样的，就算我觉得不热，它也会自己出汗。很奇怪吧？一点面子都不给我。"

"这是狗鼻子。"樱桃像是在朗读课文，接着她又解释，"我听别人说的。"

"我妈妈也是这么告诉我的。"于童笑了笑。她想，她和樱桃说不定可以成为好朋友。

"我去帮你把窗户打开。"

樱桃说完这句话，就径自走向了床边——不对，准确地说，是和床同一水平线的角落里，她蹲了下来，像是在拿什么东西，然后她走到窗户边，用力地推开了那两扇陈旧的花色玻璃，"哐啷"一声，她的手臂也随之得到了舒展，就像是一只即将高飞的鸟类。

于童想，夕阳大概是这世间最奇妙的滤镜了。因为她真的以为在刚刚那个瞬间里，樱桃的背后会生出一双翅膀。

"再等等——"夕阳继续笼罩着樱桃，连带着她的声音都变得空灵起来。

"等什么？"

于童走近了之后才发现窗户是坏的，它完全是靠着两根一次性筷子才维持住了现在的开放状态，看来刚刚樱桃蹲下身去角落里拿的东西就是这双筷子了。

筷子洁净光滑，没有一丁点发霉的趋势，于童忍不住伸手摸了一下。

"等到快天黑的时候就凉快了，会有很多风灌进来，大部分都是从前面那片树林里吹来的，如果院子里不吵的话还能听到——"樱桃停顿了会儿，似乎在脑子里搜索着正确的词句，"松涛声。我记得书面语言叫作松涛。不知道为什么，我总觉得这种声音如果可以吃的话，那么它一定很苦，还是带着涩的那种苦。"

"你语文一定学得很好吧？"于童靠着墙，想起了马院长之前跟她说过樱桃有考取重点高中的希望。

"才不是。语文是我最讨厌的科目。"

谈到这个话题，樱桃不经意地撇了撇嘴，于是一层松散的稚气就从她没什么表情的脸上浮了起来，像是悠悠的，氤氲的水汽——就还是小女孩子嘛，刚刚扮什么酷。于童想。

"文言文太拗口了，我记不住，古代人难道真的是那么说话的？"樱桃看起来的确有些困惑，"还有作文，老师说预留给作文的时间不能超过一个小时。才一个小时，就要写出符合考题的 800 字内容——大家是怎么办到的？"接着，她很浅地笑了一下。于童确定，樱桃此时的笑容，是有一丝丝不屑的。"不过也没有关系。就算不要文言文和作文的分数，我也还是全班第一。"

"那这样的话，你好像比普通的第一名更厉害哎。"

于童真心实意地感叹着，一点都不担心樱桃会误认为她这是嘲讽式的称赞，就像她刚刚万分笃定樱桃没有炫耀成绩的意思。

"看来学霸就是学霸，偏科也是学霸。我念书的时候语文也不怎么样，所以没有什么好经验能跟你分享。"于童小小地叹了口气，遗憾自己不是何昭森，不能在此刻祭出一个闪闪发亮的学霸之魂来和樱桃相互辉映，"但是呢——"她很快又打起了精神，双眸弯弯地从口袋里掏出一团鼓鼓囊囊的卫生纸，"我有你喜欢的草莓糖可以请你吃，也是不错的吧？"

"哦，这个。"

纸是白的，糖是红的，樱桃恍惚间觉得躺在于童手心里的是一捧雪和几朵离了枝的红梅。她就这么直直地看着，也不急着伸手去接："那个戴着帽子的胖熊，是它吗？"

"是它。"于童愣愣地点头，"可你不是没有下去吗？为什么会……"

"我在这里看到的。"

天色渐渐地暗了来，有几只鸟扑棱着翅膀飞向了看不清的远处。

"我今天上午不舒服，吃了药之后有点犯困，但也睡不好，昏昏沉沉间听到车子开进大院的声音，然后就起来了。"

"那是我——"于童咬了咬下嘴唇，更换了一个主语，"我们吵到你啦？"

"也不算。"樱桃摇头，长到肩胛骨的头发好像在棉麻裙上蹭出了一些些细微的声响，"如果是平常的那种车声，我不会去理的。"

"平常？"

"就像是马妈妈的小绵羊，陈伯伯的小汽车，给食堂送菜和米的三轮车，还有一些偶尔来探望的领导的车，差不多就是这些了，总之我就觉得这次的车声不一样，肯定是新的，是第一次来半苏山的……"樱桃继续望着窗外，似乎是在笑，"我磨蹭了好一会儿才站到窗户边，然后就看到一个人打开了车子的后备厢在搬东西，其中就有那头熊……他是你什么人？"

"什么……什么人？"于童没想到樱桃会突如其来地盯过来，于是她下意识地就将问题给抛了回去，但她转念一想，自己好歹也是跟着宋颂闯过高中生江湖的，可不能败给眼前这个初中生，于是她又信心满满，毫不示弱地盯了回去，"小朋友干吗问那么多。"

"同事？邻居？朋友？学长？哥哥？"经过几十分钟的相处，樱桃似乎放松了不少，她歪着嘴角对于童穷追猛打，眼里隐隐地透着些狡黠，"男朋友？还是老——"

"喂！"于童莫名其妙地有些害怕听到樱桃将最后一个称谓完整地讲完，所以她只好选择投降，但就算投降，她也要凶狠一把，"年纪小小就这么八卦，长大了之后怎么得了？"

"我不小，我是这里年纪最大的孩子。"樱桃强调。

"你最多十五岁，比我小一个手都不止。"于童也不知道她在跟一个初中生争什么，"我才是这里最大的孩子。"

"我们不一样，你不能跟我比。"

上一秒还在樱桃眼里雀跃着的星点光芒，此时就已经悄无声息地暗淡了，她将脸重新面向窗外，小小的阁楼里重归寂静，远处有风吹来，像是带着硝的味道。

"你已经被领走了，就不能算是这里的孩子。"

"对、对不起，樱桃你千万别误会，我没有那种意思的——"于童慌忙安慰着，"你看你，又会念书又长得好看，好多父母做梦都想要你这样的孩子，所以你别……"

"可是他们不会想要一个治不好病的孩子。"樱桃静静地打断了于童，"你刚刚还有一个地方说错了，你说我长大了之后怎么得了——可是我长不到那个时候的。"

"那你得的到底是什么病啊？"于童小心翼翼地看着樱桃的侧脸，这个话题是她挑起的，所以怎么着她得把眼前的烂摊子给稍微收拾一下，"你要是不想说也可以的，没关系。"

"先天性心脏病。"樱桃倒是一副不介意的样子，甚至还自嘲地笑了两声，"特别恶俗。"

"原来是这个……"于童虽然很清楚，不管什么病，只要冠上了"先天性"这三个字就会变得非常棘手，但她在此时还是不死心地想要再确认一次，"真的治不好吗？"

"差不多吧。进口药，移植手术，这些东西怎么听都感觉不会发生在我身上。"

"你不许这么丧气。"于童想也没想地就摆出了大人的口吻，她甚至用蛮横的语气来命令樱桃不许这么没有斗志，"你的意思明明是只要有进口药和移植手术，那么病就可以好。"

“姐姐……”

樱桃突然就笑了，非常缓慢，但非常柔软，这种柔软使她平日里像是冰山一般的五官也开始慢慢融化，然后她伸出一只手，轻轻地将右边的头发挽到了耳后。

“你是在安慰我还是你真的是这么想的啊？要是你真的是这么想的，哪有那么容易呢？”樱桃再次看向童，以一种凝视的力度，就像是想要在她脸上探求到什么东西，“我从小在半苏山长大，直到七岁那年被一对夫妇领走。他们是小学老师，总是在笑，我很喜欢他们。可是没过多久，他们就发现我总是头疼胸闷，感冒发烧，所以他们带我去医院做了一个全面的检查——也就是那次，我才知道，原来我有这么严重的病。难怪我的资料上是弃婴。”

“那他们，就把你送回来了吗？”

“是‘退’。退货的那种退。”樱桃眨了眨眼睛，“是这种关系吧？这里就像是一个大型超市，所有孤儿都是架上的商品，看中了哪个就可以带走哪个，发现有问题了就协商退换。”

“天……”樱桃的结论让童小小地吃惊了一把，于童不得不承认，樱桃真的比她想象中的要成熟太多了，可是这个，也不能怪樱桃，“你竟然可以这么想。”

“我永远记得那天傍晚，祷告大厅的落地钟连敲了三下，我的爸爸妈妈——不，是那对夫妇，他们站在马院长的办公室里，说，樱桃这个孩子，我们无论如何都不能要。”

齐刘海严严实实地盖住了此时正拧在一起的眉毛，樱桃的声音开始颤抖，非常轻微，一如她脸上极力隐忍着的扭曲："你那么幸运，是不会懂这种感觉的。"

于童只是听着，没有说话。

她没有开口告诉樱桃，其实她没有樱桃想象中那么好命，就算离开了半苏山，她也过了一段粗糙又艰辛的日子，还有樱桃那句话里的"无论如何"，也同样，深深地，刺痛了她。

两人就这样陷入了一场不轻不重的沉默中。

"你的口袋亮了。"樱桃嚼碎了一颗软糖，浓郁的草莓汁液让她的舌尖有些发酸。

"看来我得走了，樱桃。"于童将正在慢慢变暗的手机又重新塞回了口袋，是何昭森的短信，"下次我会带更多好吃的草莓糖来看你的，骗你就是小狗。"

"是那个我看到的搬东西的人要你走了吗？"

樱桃跟着于童往门口的方向移动着，两人一前一后，差不多隔了半条手臂的距离。

"嗯，他说七点钟左右可能会下雨，所以得早点回去。"于童想了想，最终还是决定满足一下樱桃少女的八卦好奇心，"你刚刚问我的——那个人，他是我很重要的一个人，我像你这么大的时候就已经认识他好几年了，所以我心情好的时候，偶尔会选择听他的话。"

"酸死了。"樱桃撇着嘴，笑了一下。

于童不计较地挑了挑眉，走出房间后才想起她之前一直想问的一个问题。

"对了樱桃，你的名字就叫作樱桃吗？是可以吃的那个樱桃还是那个女明星殷桃？"

"就是樱桃。水果的那个樱桃。"

"可是百家姓里——"于童困惑地拉长了声音，"没有'樱'这个姓吧？"

"管他呢。"樱桃看起来一脸无辜，"我想叫什么就叫什么。孤儿不就这点好嘛，自由。"

"好吧，你赢了。"于童耸肩，天色一暗，连带着走廊里也变得凉快了，"要是我朋友在这儿，一定会大惊小怪地夸你酷的。"

"那姐姐——"这称呼让樱桃觉得十分别扭，毕竟她从学会说话到现在，还真的没有叫过几声姐姐，"你的名字，是什么？"

"于是的于，童年的童。"于童顿了顿，"在半苏山的时候，是梧桐的桐。"

"还是我的名字比较好听。"

"我同意。"

经过刚刚那番话，于童已经暗自决定不再跟眼前这个小姑娘去争些什么了，更何况，她也挺喜欢樱桃这个名字的。

"那么再见，于童姐姐。"

樱桃站在门边，按亮了那根像是黏在墙上的日光灯管。

凄然的惨白浸入了她娇嫩饱满的脸颊，但她仍旧安安静静地站在门边。她将手肘弯曲，没什么表情地冲着于童做着再见的手势，就像是一个动起来不太灵活的机械娃娃。

"我一定会再来看你的，真的。"

于童咬了咬下嘴唇，再次做出承诺，但她知道，其实更多的，是她在向自己强调。

不管回去之后会发生什么事，也不管来这里的路有多漫长和无聊，她也一定要记得在半苏山的小阁楼上，住着一颗古怪又可爱的小樱桃。

何昭森在停车的地方等于童，他背靠着车身和深邃的夜色，有几片叶子落在了他的脚边。

"怎么样？"等于童完完整整地走下长阶梯之后，何昭森才用钥匙将车门解锁，"我听马院长说，那个小姑娘不怎么喜欢说话。"

"我觉得还不错呀。"于童挑衅似的扬了扬下巴，"人家小樱桃可比你有意思多了。"

"我不跟小孩子比。"何昭森也笑了，他看得出来于童是真的觉得刚刚的阁楼之旅还不错，接着他打开车门，拿出一件薄外套将她整个包了起来，"已经起风了，走吧。"

"何昭森。"于童喊他。

"嗯？"

他正低着头给她拉外套的拉链，看不见她此时的表情。

"我们能不能……"于童张着嘴，顿了好一会儿也没有接着讲下去。

"半苏山也好，那个孩子也好，以后我有空就带你常来。你是不是要说这个？"

外套拉链拉好了，何昭森直起身子，顺手将于童乱糟糟的头发也理了一下。

为了婚礼造型，于童前些天兴致勃勃地去烫了一个头发，可烫完之后她的热情又立马消退了，甚至发自肺腑地觉得打理鬓发是这个世界上最麻烦的事情，没有之一。

于是在何昭森眼中，她顺理成章地变成一只随时随地都像被静电爹了一圈毛的猫咪。

"不……不是……"于童吞吞吐吐的，从猫咪退化成了刚出生的小奶猫。

何昭森也不急，他看了看天气预报，至少还有十分钟的时间能让于童用来磨蹭，"我想把樱桃带走……"

"带走？"何昭森不确定于童到底想表达什么，就又问了一句，"哪种意义上的带走？"

"我不知道……我就是想把她从这里带出去，我想给她用好一点的药，然后让她可以继续去学校念书，她成绩很好的，肯定可以考上一中……"于童支支吾吾的。

"于童，你在想什么？"

何昭森的双手在于童的肩膀上捏了一下，不轻不重，但这个力道已经足够让童明白何昭森现在需要与她对视。

"半苏山孤儿院是政府机构，带走一个孩子需要很多审批手续，最重要的是，我和你达不到能领养孩子的条件，我……"于童此时的表情有一些复杂，像是委屈，又像是不甘，所以他只好停下来换上一种更婉转的说法，"我知道你觉得她可怜，那我们可以出一笔资助费。"

"不是的，何昭森。"于童发誓，她真的感受到自己在他宽松的防风外套里瑟瑟发抖了，可是她不冷，一点都不。

"这不是钱的事，我也没觉得她可怜。我只是、只是觉得她——"她硬着头皮咬了咬下嘴唇，"觉得她跟我有点像……所以我就想尽可能地让她过得好一点。"

　　何昭森一愣，接着抬起手，轻轻地掐了一把于童被风吹得有些凉的脸颊，他说："傻。"

第四章
DISIZHANG

落跑新娘

婚礼的时间是中午十二点整。

其实宋颂一直没有想明白，为什么大家伙非要把正儿八经的结婚典礼和吃饭这件事掺和在一起呢？不是说结婚典礼是这个世界上最神圣珍贵的仪式吗？

那——为什么还要这么安排？

来，试想一下，精心挑选放置照片的展示栏可能昨天还是最佳推荐或者新品七折，价格不菲的婚纱裙尾要拖过被洒了无数汤油和洗洁精的地板，最后，激动羞涩的新人就要在一堆酒肉食客的饥饿中交换戒指成为彼此的灵魂伴侣了——说实话，她是真不喜欢参加婚宴，她受够了音响的嘈杂、无聊的煽情，以及上菜速度堪比蜗牛的服务员。

但这次没有办法，结婚的可是于童，所以她只好义不容辞地把伴娘这个头衔给揽了过来，当然了，她是有底线的——穿西装打领带梳着狼奔头的伴娘多酷，天下就此一家。

北京时间八点二十二分。

宋颂在去酒店休息室找于童前，特意先去了一趟婚宴大厅。

场地布置得精致大气，也难得没有任何落俗之处——果然啊，她一边四处打量，一边在心里再次肯定了一遍"贵的就是不一样"。看来何昭森这钱花得还真不冤。特别是作为主装饰物的花，颜色温柔敦厚，四处可见地簇在一起，有点像她最近正在研究的进口奶油。

"嘿，梯子上的那位大哥。"现在还早，婚宴厅里的人并不是很多，只有一些忙着等会儿录像和打光的师傅在架机位找角度。宋颂抬起头，找了一个离自己最近的人搭话，"麻烦问一下，您认不认识这些花啊？我觉得挺好看的，就是不知道名字。"

"是玫瑰，全称叫'香槟玫瑰'。"师傅笑呵呵的，"其实啊，用在婚礼上的花，来来去去就那么几种。除了玫瑰，还有百合、郁金香、康乃馨、蝴蝶兰——架着机器跑了这么多个场子，不用看，光闻味儿我就能分出来。"

"长得好看，名字也好听。"宋颂决定了，她接下来的主打新款甜点就叫作香槟新娘。

"来，笑一下，对，就这么笑，这样子腮红才能上得匀称又漂亮。"化妆师正拿着一把不大不小的刷子往于童凸起的苹果肌上扫带着珠光的粉红色。宋颂推开休息室的门，却不急着往于童身边走。

除了于童，好像这房间里的每个人都很忙，大家飞快地来来去去，脸上的表情既焦急又从容，鞋跟哒哒哒地响，仿佛是秒钟在转动。

"说真的，于童——"

宋颂闲散地靠在墙上，仔细地盯着正前方镜子里于童的脸，为了配合化妆师上腮红，她不得不摆出一副僵硬又标准的微笑。

说实话，这样子，莫名地让宋颂想起小时候的六一儿童节，女孩子们为了保留那一点点口红，每个人都噘着嘴用牙齿固定住吸管来喝瓶子里的奶。

想到这里，宋颂一晒："我跟你认识这么久，好像还没有看到过你正儿八经化完妆的样子。"

"没办法，我每次只要想到最后得卸妆，就什么都不想弄了。"于童慢悠悠地抬起眼睛，与镜子里的宋颂对视着。

"别，你想唬谁呢，明明就是个不会化妆的人。"宋颂走过去，右手往于童裸露的肩膀上轻轻地掐了一把。于童已经换好婚纱了，坐在两盏大灯下，整个人都在发光。

"好看。"宋颂顿了顿，"今天你结婚，本伴娘卖个友情面夸夸你。"

"原来是伴娘啊？"正在给于童挑选第一层唇彩的化妆师闻言将头从工具盒里抬了起来，她微张着嘴将休息室环顾了一整圈后，大概终于找到了她想找的人，"小卡，给这个伴娘化一下妆，记得眼影一定要用粉色等浅色系的，口红也不能太艳了，还有，眼线让雯雯来……"

化妆师话还没说完，就被于童浪潮一般的笑声给打断了。于童单薄瘦削的肩膀，以及胸前那串细碎的钻石项链都随着这阵笑声而发生了微妙的起伏——她想啊，这真的是这个手忙脚乱的早晨里最让人开心的事情了。

"天哪，"于童继续咯咯地笑着，"姐姐你居然让她擦粉红色的眼影，这哪里是给她化妆——我跟你说，这是送她去死。你行行好，放过她。"

"哎哟，何太太——你才是行行好，快别笑了。"

小拇指留着长指甲的发型师一溜烟似的从角落里蹿了过来，于是宋颂下意识地往边上挪了一两步——尖头皮鞋，紧身裤，大概染了一万种颜色在上面的二八分斜刘海上，估计头衔不是被叫作三号老师就是今年最厉害的设计总监——总之，她往边上挪了挪，除了婚礼和吃饭混合在一起这件事之外，她还有一些想不明白的，比如说现在这个正给于童捣鼓着发型的男发型师。

美发行业的人竟能十年如一日地保持着相同的打扮和气质——这对于每天在餐厅里变着法追求新鲜感的宋颂来说，实在是太神奇了。

"我刚刚在给你整头纱呢，因为有颗小珍珠黏歪了一点点。"

发型师从腰间掏出了一把尖尖细细的梳子，像是变魔法似的，一下子就把于童刚刚笑垮了的发髻给重新盘了回去。

"不过别担心，摄像大哥来之前，我绝对让它又美又服帖地待在你头上，相信我。我可是处女座，强迫症十级，交给我，你放一百个心。"接着，他又扭过头，像是变脸似的换上了另一种口气，"我说卷发棒有没有加热好啊？新娘的头发都散了三次了！动作快一点！"

"宋颂。"于童声音不大，却神奇地穿越了这片嘈杂，蕴含着一种莫名的清亮。她像是看着宋颂，又像是正透过她看往别处，"结婚真的好麻烦，我都在这儿坐了快三个小时了，等会儿还得拍东西。"

婚庆公司的策划导演听说毕业于北京电影学院，他的打算是让新娘先穿上婚纱化好一个淡妆，然后和伴娘在休息室里录一段三到五分钟的日常镜头，她们不需要说话，也不需要做特定的动作和表情，单纯地保持自然就好。

因为艺术家蛮横的直觉告诉那位初出茅庐的新锐导演，只要将机器往那儿一摆，他就能毫不费力地捕捉到新娘的羞涩、激动、无措，以及对未来的无限憧憬。

他相信，只要有了这段镜头，那么最终剪辑出来的成片一定具有煽情的起伏感以及完整的故事性——除了钱，艺术家追求的无非就是这种自我感动的效果了。

他们约好了十点整开始，可现在才刚过九点半，休息室里就只剩下了于童和宋颂。

"正好——"宋颂百无聊赖地伸了一个懒腰，顺势躺进了墙边的皮沙发里，虽然沙发上全是她不喜欢的脂粉香水味，但这好歹也是她从一进门就开始觊觎着的地方。为了不辜负二十分钟前的自己，她只好咬着牙换了一个看起来更懒散舒适的姿势。

"趁现在没人，我来跟养了好几年的小白菜认真聊聊天。"

"说吧。"于童不自然地抿了抿唇，她还是觉得这个偏橘的色号不太适合她，"你想问什么？"接着，她有些艰难地站了起来，用手撩开了挡住视线的蕾丝头纱。

婚纱是私人定制的鱼尾裙，款式经典，拖尾流畅地淌了一地，就像是被打翻了的牛奶。

繁复的镂花印衬在白纱表面，从锁骨一路蔓延至膝盖，它完完全全，不留一丝缝隙的亲肤感不断提醒着于童绝对不能用力呼吸。因为说不定只是稍微放松那么一下，她的耳边就会响起布料接连裂开的声音——真是的，整个上半身的酸胀和疼痛让她不得不开始埋怨何昭森了，为什么在她选定这条注定活受罪的裙子时他不来制止呢？这不是他最擅长的事情之一吗？明明她都问了他好几遍这条裙了是不是不太好走路。

她就这么想着他，终于后知后觉地反应过来，好像从昨天一起吃完午饭后，她就再也没有见到过何昭森了——也不知道他今天是用了什么味道的刮胡泡。

"我能有什么好问的，又不是我结婚。"

宋颂一只手撑着头，另一只手闲不住似的去探自己的后脑勺，也就几天没注意，发尾好像都快扎到脖子根了："我就是想知道等会儿婚礼上放什么歌而已，可千万别是那首全程'噔噔噔'的进行曲。我到现在都没能分清它和哀乐。"

"当然不是。"于童半眯着眼仔细地回想了一下，"是一首正儿八经带着歌词的英文歌，何昭森之前给我听过一遍，我觉得调子还不错就同意了——歌名挺长的，没有记住。"

"一遍？"宋颂突然坐了起来，她想如果她现在手里握着一个话筒的话，一定会不由分说地怼上于童的脸，"你的意思是，一直到今天，到现在这个点，你都只听了一遍？"

"对啊，就是在选歌的时候何昭森放给我——喂，这是重点吗？"于童感到不可思议，"你居然都没有嘲讽我作为一个英语专业生连一首歌名都记不住。"

"不不不，于童，你听我说。"宋颂激动地摆着两只手，险些连手腕上的表都给甩了出去，"我以为你们没有喊我来彩排是照顾我最近忙着给分店选址，原来连你们俩本人都没有走个过场？"

于童点点头，丝毫不能理解宋颂在惊讶什么："有什么问题吗？不就是没有彩排。"

"这问题大了好吗，我的小祖宗，你要知道新郎可是何昭森——"宋颂怪叫道，"当时我们班班长在他手底下过周一演讲的时候被整得有多惨你知道吗？一个标点符号用错了，都被揪出来重写，甚至连背诵时的停顿语气也得和稿子上写得保持一致，来来回回差不多弄了半个月才算完——今天可是和你结婚啊，这事儿难道不比监督一个学弟演讲来得重要？"

"可能他最近比较忙吧。"好像从半苏山回来之后，何昭森回家的时间就越发晚了起来。总是到了后半夜，于童才模模糊糊地听到客厅里的灯被人按亮，接着就是一阵细碎且急促的花洒声。他们没有睡在同一个卧室，何昭森也很少在入夜后再踏进她的房间，可每每只要听到花洒声，她就会觉得好像连她的被子里都氤氲着一股子潮热的水汽。

"而且到时候该干什么不都有司仪扯着嗓子在边上喊吗，所以彩排——"于童觉得没什么奇怪的。

"停，停，快别说了。"宋颂捂住耳朵，夸张又尽情地扭曲着她英挺的五官，"你瞧瞧你，完全堕落成了为男人找理由的女人——看来白菜不仅要被拱，还变异成了我最不齿的品种。行吧，挽不回了，就这样吧。"她一边叹气，一边做痛心疾首状，"算我阴沟里翻船。"

"滚吧你就，狗嘴里吐不出象牙。"

于童想，一定是因为宋颂这个人一插科打诨起来就拥有着某种黑魔法，所以她才会瞬间忘记自己此时此刻的着装打扮干什么都有些不方便。

她是预备走到沙发旁作势踢宋颂两脚的，可被婚纱勒到只能僵直发力的小腿以及松松垮垮的一次性拖鞋，都因为于童上一秒的遗忘而十分不给她面子——"嗖"的一声，拖鞋就像只被点着的小追炮，钻进了地毯和沙发底间那层狭小的缝隙中。

老熟人面前不谈尴尬，所以于童只是讪讪地哼了一声："看到没，这才叫阴沟里翻船。"

"我真是服了你了。"

宋颂认命地半跪在地上用直觉帮于童在黑暗中打捞她的拖鞋："我回头就要举报这里的卫生——还五星级呢，沙发底下摸老子一手灰，啊，找到了，给。"她拿着拖鞋往沙发腿上不轻不重地拍了两下之后，才重新丢回于童的脚边，"上次给你捞鞋好像还是你高三？"

"是为了去吃杨记麻辣烫吧？"大概是因为这份回忆的确有些年头了，所以宋颂的双眼不可避免地被时光笼上了一层悠长的柔软——她总是在不经意间就会被打回女孩子的原形，"我还记得那天在下雪，可冷了，你穿着一双沙色的雪地靴，脸冻得通红。我们一堆人在围墙外等你，你急得不行，结果人还没蹦下来，鞋子就先掉进了墙脚的大水坑。"

"就算如此，我也坚强地穿着又脏又湿的鞋子吃了十串魔芋豆腐。"于童下意识地咂了咂嘴，"吃完之后还借了老板的手机跟何昭森大吵一架——把掉鞋子的火全撒干净了。"

"日子过得真快啊，于童，一眨眼，你就从一个天不怕地不怕打游戏坑死人但是又的确很可爱的小姑娘变成了别人家老婆，再也不会屁颠屁颠跟在我身后了……"

来不及了——五分钟前还妄想当一回福尔摩斯揪出何昭森问题的宋颂，现在已经被自己莫名其妙的煽情给酸出一身鸡皮疙瘩了，怎么面对面聊天的时候就没有撤回功能呢？

所以她只好咧咧嘴，换上了另一种口气："你再也不是干啥都可爱干啥都有理的未婚少女了，你马上就要溺在晚餐吃什么老公什么时候回家明天带小孩的死循环中了，于童。"她啧啧两声，结束了她的长篇大论，"你可真惨。"

"宋颂你——"本来前一秒还在感动着的于童，此刻却只想翻一个巨大的白眼，"你当心我等会儿直接把捧花塞你手里——好朋友就是要手拉手下地狱的，你别想一个人逍遥快活。"

"别，别，你可真别，你别这么害我。"宋颂是真的有些慌了，别看于童最近好像挺安分的，其实她依旧是那个暴烈起来谁都拉不住的小疯子，"我只要一想到我挽着我爸，然后他把我送到另一个男人手里的那个场景就头皮发麻。他最近和一个寡妇好上了，隔着电话我都能感觉到他的油腻和愚蠢。算了，不说他，败心情。对了，我来你这儿之前去看了看场地，你记得等会儿走那个红毯的时候——"

"有烟吗？宋颂。"于童突然这么问，"给我一根，快。"

"何昭森不是已经帮你戒得差不多了吗？"宋颂嘟囔着，但还是将沙发上的小包递了过去，"火机和烟都在里面。不过你还是去门口那个洗手间吧，这里等会儿就要来拍视频了——真奇怪，我在纠结什么，明明摄像头也拍不到烟味。"

于童发誓，她最开始的确只是打算去抽几根烟而已。

洗手台上乱糟糟的，大概是拜刚刚那些来为她做造型的人所赐。

说来也奇怪，不过才十几分钟，于童就已经想不起他们之间的任何一张脸了。她只记得，他们好像比她本人还要兴奋，那种不讲道理的喜悦带着一股子气势汹汹把她按在梳妆台前，誓要把她变成一位水灵灵的新娘。

她颤抖着手——她也不知道她为什么会颤抖，或者这不叫颤抖，而是单纯的没有力气，可是再没有力气也不至于拿不稳一根轻飘飘的烟吧？她一边自嘲，一边掩耳盗铃似的继续着拿烟的动作——掉了没关系，再拿新的就是——她像是陷入了一个趣味盎然的死循环，直到盒子里什么也没有了，才甘心去捡那些落在地上，上一秒还觉得没关系的香烟。

"小祖宗，你还没好啊？"宋颂坐在原处懒洋洋地催促着，"抽一两根就差不多得了。"

"再等一会儿。"于童一边回答宋颂的话，一边凝视着镜中的自己。别说一两根，其实到现在她连打火机都还没有碰一下——刚刚弯腰时不小心带倒了漱口杯，玻璃砸向大理石的尖锐声音让她的耳膜感到一阵刺痛，甚至彻底击退了她想要靠着香烟来获取一丝安宁的想法。

"还有多久到十点？"

"现在是九点五十三——"宋颂按亮了手机，看了一眼，"你还要在里面干什么？"

"肚子疼，想上个厕所。"于童暗暗地握紧了包的右下角，那里有一块小小的、硬邦邦的不规则物，她知道，那是宋颂的车钥匙，"这个婚纱麻烦死了，所以你等会儿帮我说一声，晚点拍也没关系吧？反正也就两三分钟的哑口视频。"

九点五十三，离约定好的时间只剩七分钟了。

也就是说，很有可能一出休息室的门就会迎面碰上那位导演和他的同事们，但就算是这样，她也想要赌一把。她躲开宋颂，蹑手蹑脚地来到了走廊上，拖尾扫着深红色的地毯，发不出任何声响。同时，她也跟自己约好了，如果在去地下车库的路上遇见任何熟人——不，熟不熟都没关系，只要知道她是今天酒店四楼大厅里的那位新娘就可以。只要遇见了他们，只要他们问起，她就二话不说立马回到休息室或者宴会现场，去做一切她该做的事。

可惜一切无比顺利。一直到打开宋颂的车门，于童连一个清洁人员都没有碰见。

老天爷呀！她踩下了油门，虽然驾照是上个星期二才拿到手的，但这丝毫不影响她此时的决心。老天爷，既然你都已经煞费苦心地替我排除了这条路上所有的阻碍因素，那么我猜你一定知道我现在心乱如麻——你知道的，你一定知道的，所以你才大发慈悲地送了我一些些独处的时间——我答应你老天爷，我只是暂时走开一会儿，我绝对不会做坏事。

那么接下来要去哪里呢。她自己也不知道。

她只知道，哪里都好，哪里都比待在那个酒店里好——比如现在眼前的这条马路就非常合她的心意。大家走着自己的路，开着自己的车，操心着自己的午餐，没有一个人会匀出自己的时间来猜测车流中的某位司机是不是马上就要结婚了——她缓慢，但却用力地做了一个深呼吸。她吸气的过程有些狠，似乎是要吸到胸腔里不能承载更多了为止。这种饱满的窒息让她有一种快要喝醉的酣畅感。她轻飘飘地想，终于可以放松一点了。

她就像一条被抛在陆地上晾了许久的鱼，在命悬一线的时刻，终于回到了水中。

何昭森——重获新生后，于童第一个想到的人，依旧是他。

他昨晚回来得也很晚。

于童掀开被子，在模糊不清的夜色和断断续续的花洒声中朝门口走去。冷气把木地板吹得冰凉，她习惯性地赤着脚，隐隐约约觉得小腿处爬上了一层鸡皮疙瘩。

她环抱住自己，将额头抵在了同样冰凉的门板上。她想，等何昭森洗完澡之后自己要不要再去找他说说话呢，说什么都好，比如明天的婚礼她该做些什么——不，她不是指那些何昭森用笔写给她的那些时间流程，六点起床，七点做造型，十点拍摄，十一点半候场，十二点正式开始——这些她都记下来了，所以她想说的，想听的，都不是这些。

那到底要说什么呢，她有些困惑，又有些焦躁地咬住了自己的下嘴唇。接着，她听到了浴室门被推开的声音——何昭森出来了。

他就站在门外。

在一片绝对的寂静中，于童无比地笃定着这件事。

因为她看到她眼皮子底下那个门把手正轻微而隐秘地往下压了大概一厘米左右的高度，于是她立马调整了一下站姿——继续用额头抵着门，说不定会给何昭森此时的动作增添阻力的。

可惜的是，那个门把手再也没有往下走的趋势了。它横亘在那里，像是凝固了。

"何……"于童半张着嘴，长时间的沉默让她的声音变得晦涩和喑哑，她甚至还来不及将"何"这个音节完整清楚地发出来，门把手就已经缓慢且无声地回归到了原处。

脚步声响起，不远处的门开了又关。她知道，何昭森走了。

该死！于童下意识地加快了车速。

一股莫名其妙的情绪伴随着机械的引擎声在她身体里不断横冲直撞，她拿不准它具体的名字，但是她能感受到它一直逼迫着她去想昨晚发生的事。

何昭森当时站在门外是打算和她说些什么？晚归的理由？第二天婚礼上临时增加的细节？一句简单的晚安？还是一场仅仅只为了确定她有没有睡着的探望？

要是那个门把手再往下压一点就好了——那样子，门就开了，门一开，何昭森就能看见站在正对面的她了，他们谁也别想临时逃走。又或者她也应该站出来为她睁眼到凌晨四点的失眠买单——清清嗓子，再接着喊一遍何昭森的名字。这难道是什么很难的事情吗？

该死！于童感觉自己快把方向盘捏碎了。

她一边命令着自己不许再胡思乱想，一边又觉得头纱蹭在脸上非常痒。可是头纱和头发之间的连接就好比一道精巧的机关，她茫然的手指怎么都找不到那个突破口。

管它呢，失去耐心的于童一发狠，直接用蛮力将整个头纱扯了下来——看，果然还是这个办法最有用了。

大概是头纱顶端的珍珠王冠迎面碰上了宋颂包里的钢铁打火机，于童清楚地听见从副驾驶座位上传来了一阵细小短促，但却莫名清脆的撞击声。她伸出手，像是劝架家长似的想要分开眼前这两个互不相让的小家伙，可就着那一丁点亲手理出来的缝隙，她看见的，却是更深的波涛汹涌——她咬着下嘴唇，轻微发颤的指尖终于捏住了那一个纸质小角。她捏着它，仿佛在进行一场漫长的跋山涉水。终于，她把结婚请柬从包内夹层中成功地抽了出来。

周淮南就是在这一刻，感受到了一股突如其来的，把他连人带车往前推了一把的力量。

不算太狠，因为他还不至于像电视剧里的人一样飞起来脑袋撞上正前方的挡风玻璃。他抬起头，下意识地看了眼不远处的红绿灯，还有五秒，那个像是蘸薯条用的番茄酱才会跳转成一闪一闪的柠檬糖——这个比喻，是他以前主教练的小女儿告诉他的。那么这也就是说，二十秒前那阵像是肌肉痉挛一般的动静，不外乎是因为他的身后，跟了一名急于发车的司机。

但令他稍稍感到意外的是，直到眼前的绿灯再次变成了红灯，那辆肇事的小车却仍旧一动不动地停在原处。不过所幸，这条路归属于学院范围，只要不是学生们上下课的时间，这附近交警的神经就不会绷得太紧——它心安理得地停滞在那里，变成了一座无人打扰的孤岛。

"您好。"

周淮南最终还是朝着那辆车走了过去。他发誓，尽管他的车被蹭掉了一块漆，但他此行绝不是为了索要赔偿——恰恰相反，他才是不明所以的看客眼中更应该道歉的那个。因为肇事车辆的损坏严重得多，不仅刮花了一片，还碎掉了右前方的一小块示宽灯。

"您好？"没有得到回应的周淮南决定抬手敲一敲车窗，他想，一定是因为太久没有回到这座小城了，所以他才会被所谓的好奇心驱使着做这些看起来似乎是在浪费时间的事——换作以前，除了训练和比赛，再没有别的东西能勾起他的兴趣和积极性，"您听得到吗？"

他又站在原处等了好一会儿，才看到车窗像一块巨型帷幕似的缓缓落下。

原来开车的是个女孩子，周淮南恍然大悟地挑眉——难怪可以这么任性。

"你——你还好吧？"

他换了一个称呼，因为光从后脑勺和背部来看，这个女孩子应该和他的年纪相差不大。

但她和她的车一样，始终维持着同一个静止的动作——她脸朝下，没有系安全带，整个上半身连带着左手臂都完完全全地伏在了方向盘上，相比之下，右手臂看起来要轻松许多，它自然地垂在一侧，只是肘关节处有微微的弯曲，大概是因为要握住什么东西。

这时候周淮南才发现，原来她穿的并不是一条普通的裹胸紧身裙，她的脚边正簇拥着一堆闪着隆重光泽的云雾，接着，他又很快地看到了另一边座位上的珍珠王冠，以及白纱。

"刚刚撞了一下，你没有受伤吧？"

"好吧。"意料之中的，那个女孩子依旧没有任何反应，好像她就只是这辆车上的　个装饰物而已——周淮南不得不开始怀疑刚刚那扇车窗到底是怎么被打开的了，"这位小姐——"他顿了顿，"尽管有些冒犯，但我还是想问一下，你现在，是在逃婚吗？"

第五章
DIWUZHANG

我愿意

于童当然听见了。

在车窗徐徐落下之前，她就听到有人在跟她说话了。

只不过她不太想抬头回应——或者说，是她暂时做不到。

五分钟前像是突然打了一个喷嚏似的撞击、印在香薰纸面上最显眼处的两张笑脸，以及那几行清秀有力的钢笔字迹——这一切都叫她措手不及。

它们在她身体猛然向前倾的那零点几秒里助纣为虐地变成了洪水猛兽，一边尖厉地叫嚣，一边把她从岌岌可危的陆地上卷进了风暴中心——为了礼貌和对被撞击者的愧疚，她已经卸下那块像是盔甲一般的车窗了，所以那个男声可不可以暂时放过她一下？难道他还看不出方向盘是她现在唯一能够拿来勉强维持住平衡的浮木吗？

可是再性命攸关，她也不得不松开手了。

因为她听见那个男声的语调突然发生了一个微妙的转变，他说："哦，警察来了啊。"

"怎么回事儿？"

"追尾。"那个男声变得懒洋洋的，"不过不严重，我们打算私了。"

"谁追的谁？"警察接着问。他刚刚从巡逻车上下来，还没来得及仔细看上几眼。

"我、我……"于童吸足了气，终于在这一刻视死如归地将头抬了起来，她的嗓子有些发痒，好像被迫灌进了一大把生涩的海水和粗砂，"我追的他。"

"倒还是个勇于承认错误的小姑娘。"交警被于童的口气逗乐了，他一边在小本子上潦草地写写画画，一边向她进行确认，"这位先生说你们打算私了，是这么回事吗？"

于童下意识地愣了一下，然后才顺应着交警的话去找那个男声的主人，可是她失败了——倒也不能说失败，只是从她的角度向上望去，那个人正好处于一片散开的光晕中，除了一个凸出的喉结和一个光滑平整的下巴以外，其余的，都被强烈的光线氤氲成了一块刺眼的模糊。

"嗯，私了。"于童别过头，用左手揉了揉快要被晃出眼泪的眼睛。虽然看不清，但她知道的，在她挪开眼神的前一秒，那个人对她短促地笑了一下，"那警察同志，我现在可以走了吧？我会赔钱给他的，真的。我现在必须得走了，我有事，很急。"

现在是十一点一刻，于童想，加快点速度，在十二点之前赶回去，应该不算难事。

"当然不行。"交警笑着耸了耸肩。

"说穿了，你们赔钱私了那是你们之间打商量的事，赔多少什么时候赔，我都管不着，但是我这儿还有几个程序要走。"交警一边打量着车子挡风玻璃上黏着的标签，一边朝着童伸出了手，"驾驶证给我看一下。这条学院路限速 40，可是小姑娘你看看你，前面这块示宽灯都碎了一大半，所以我猜你肯定是超速追的这位先生。等我同事在队里看完监控录像确认之后，你才能走——当面给单子最方便了，能给大家省不少事。"

"那要等多久啊？"

于童习惯性地咬了咬下嘴唇后才反应过来今天是擦了口红的，这么用力地一咬，说不定会弄花它——算了，随它去吧，她焦躁地想，反正现在也没有心情管这些。

"这就得看今天队里的电脑想不想工作了。"交警脸上的表情轻松又诚恳，"它有些时候反应有点慢，但最多二十分钟，我保证。来，小姑娘，你先把你的驾驶证给我看看。"

"我……我没带。"于童的声音低了下去。她开始意识到事情可能要超出她的掌控了。

"没带？"交警不可置信地反问，"怎么可能？难道你不知道开车的时候要随身——"

"不，不是的，我今天不知道我要开车。"于童费力地解释着，"我没打算要开车的，我只是临时想——算了，但是驾驶证我有，我真的有，我科目三还补考了两回，考得特别辛苦才过的，我就是没带而已——你该不会要扣车吧？"她突然想起她曾无意中看过何昭森摆在书桌上的材料，其中好像就有"交警扣车"这么几个字，"别吧，这车不是我的，是我偷……"

"你偷？"

"我偷偷，我偷偷开我朋友的车出来的，不是我偷的。"为了表示诚意，于童特意把"偷"这个字音咬得格外重一些，"警察大哥，拜托你了，再不走我真的来不及了。你当个好人行不行？扣分和罚款都随你，你就先让我开着车走吧？要不你留个号码，我回头联系你？"

"这怎么行？我们办事是按章程走的，你驾驶证也没有，人车也不一，绝对不能——"

"这样吧。"一直沉默着的周淮南忽然出声打断了交警和于童之间的拉锯，"警察同志，这个车你先扣了带走，等这位小姐的事情办完了之后，再让她带着车主和她的驾驶证过来解决超速之类的事情，行不行？反正她总不可能不要车了吧？你没看到她急得快哭了嘛。"

于童满额头的汗珠就这么顺流了下来，然后她轻轻地，捏紧了手中的请柬。

"说吧，去哪儿？"

周淮南一把抓起搭在副驾驶座位上的外套往后排扔去，又顺带着将空调调低了两度，刚刚停车的地方没有树荫，贮存下来的冷气都被快到正午的太阳给晒没了。

"不过你得说显著一点的地方，因为我很久没有回来了，车上的导航也是坏的。"

"市公园。"于童闷声闷气地吐出三个字。

虽然她的确很生气，眼前这个人莫名其妙的一番话，就让宋颂的车子面临了被警察带走的命运，但现在时间紧迫，她必须向现实投降——就算要算账，那也得是在去酒店的路上。

"百花路那个市公园？"他把脸转了过来。

"嗯。"于童垂着眼，故意不看周淮南，"这么多年它一直没挪过地方。"

"知道了。"

但就算双眼不看，光凭着他轻松上扬的语调，于童也知道周淮南现在肯定是笑着的——真是的，这个人怎么这么爱笑？老天爷，她抓了一部分头纱攥进手心里，你给我的惩罚这么快就来了吗？你是故意派这个人来衬托我此时有多狼狈和不安的吗？

"我小学的时候，总是趁着公园管理员不注意溜进荷花池里游泳。"

"荷花池被改造了。"于童知道这很幼稚，但她就是暗暗地觉得有些解气，"它现在变成了一个只能让大家扔硬币的喷水池。你再也不能进去游泳了。"

"你说得没错。"他顿了顿，"我再也不能游泳了。"

周淮南依旧笑着，但语气里那份类似认真的失落是于童怎么样都没有想到的——就算她的确藏着一些故意的坏心眼，但那也仅仅局限于告诉周淮南他失去了一个童年乐趣而已。

她终于扭过头去看他了。

原来他有着很长的睫毛，和很高的鼻梁。

"对了，我上车的时候忘了问你来着。"

谢天谢地……于童想，在车里的沉默差不多蔓延了半分钟时，周淮南终于撩开那层落寞再度开口了，那么这是不是就说明其实她刚刚所说的话也没有把气氛搅得很尴尬？

"你好像很生气我给警察提供的解决办法？"

"当然了。"还没褪干净的感恩以及一点就着的火气，让于童的口气变得十分生硬，所以她干脆将整张脸都面向了窗外，"那是我朋友的车，所以我怎么着都不能把它交出去，我不能这么不讲义气的。明明是我闯的祸，怎么能让……"

"这位小姐，请问你有没有一点脑子？"

周淮南单手转动着方向盘："超速，闯红灯，追尾，没带驾驶证，不是车主，你不会真以为这些是你说几句好话就能解决的吧？想都别想，交警比你想象中要难缠很多倍，到最后不过是浪费你自己的时间而已，你不是急着去……"

他突然停了下来，因为他发现他好像还真的不知道身边的人是急着去干什么——逃婚？结婚？他再次看了她一眼，发现她已经用层层叠叠的头纱把裸露在外的肩膀和后背裹住了。他也说不上为什么，总之，这个举动令他觉得有点好笑。

"反正你放心，"周淮南似乎已经开始忘记谈论这个话题的初衷了——他不过是打算随便说点什么，并以此冲淡那个市公园里的荷花池，"警察不会卖了你朋友的车。"

"那谁知道呢，万一那个警察……"于童轻声嘟囔着，然后又突然提高音量怪叫起来，"我的天哪——你怎么走了这条路？"

"有什么问题吗？"周淮南耸耸肩，"我小时候每次去市公园走的就是这条路，看到没，那个拐角处还立着一个报刊亭，我以前总在那里买冰激凌——它居然到现在还没拆。"

"前面在修路，车开不过去的。"于童用力地把自己摔向了座椅的靠背，"来不及了，你倒个车，再从立交桥那边开过去，那里肯定还会堵车——完了，我肯定要迟到了。"

周淮南倒是满不在乎地笑了："既然这么紧张，那干吗还逃婚？"说罢他把自己的手机递了过去，"总记得几个人的号码吧？打过去让他们等等你。"

"不要。"于童不自觉地往门边靠了一下——她猜她是为了远离那个手机，"而且我……我不是逃婚，我只不过是想在婚礼开始前出来散散心，然后按时赶回去——"

"那也是逃婚。"

于童也是到了很后来才发现，虽然周淮南总是在笑，但他只有在极少数的时间里，才是开心的——或者说，只有在他上一个笑容连接着下一个笑容的短促瞬间里，他才最像他自己。

"至少在极大部分人眼里，你这就是在逃婚。给你打个比方？运动员上场之前都会有一个预备的时间，观众不懂太复杂的规则，他们以为，只要在预备的时间里运动员没有就位，那基本上就算是弃权了——他们根本等不及那一声正式的哨响，也懒得听裁判组商讨之后的结果——观众的力量有时候是很可怕的，所以，你最好祈祷一下你要嫁的男人足够爱你。

"我不知道我这么说你能不能理解，毕竟我见过的聪明人都和你长得不太一样，但是有一件事你说对了——"周淮南看着于童，将车子停了下来，"我们堵车了。"

下午一点二十七。于童清楚地记得，这是她最后下车的时间。

她甚至不敢坐电梯——随着年龄的增长，她的电梯恐惧症也开始不药而愈，但此时此刻，她却依旧不敢伸手去触碰那个冰冷的，标志着向上的箭头按钮。

你怕什么呢你，你连婚礼都敢逃。

于童清楚地听见在她一级一级上楼梯的时候有个声音在她身体里不断地回荡，它用嘲讽的口气质问着她，你怕什么呢你。

就是怕，就是怕得要死。

但不是怕那个四四方方的幽闭空间里装着的全是对她的指责和鄙夷，也不是怕乘坐的途中真的出现她从小担心着的安全事故，骂就骂了，死就死了，这有什么大不了的，做错了事本来就应该接受惩罚——可是她怕，她怕在背负着骂名死去之前，再也见不到何昭森。

……

"于童姐姐？"

一个略显稚嫩的女声打断了她即将推开四楼宴厅大门的双手，她回过头，竟然是樱桃。

"我的天！"于童惊讶地望着眼前穿着白色小纱裙的樱桃，一时间不知道该用什么表情来面对她。她看起来像是化过妆了，气色比上次见面时好了许多，似乎连带着声音都清亮快活了不少，难怪刚刚那一声姐姐没能让于童立即想起来说话的人是谁，"你怎么在这里？"

"你是不是迟到了？"樱桃仰着脸问。

"好像是，好像也不是。但不管是不是我都要谢谢你，樱桃。"

于童朝樱桃走近了几步，叹气声被她藏得很小。她本来是想伸手去摸摸樱桃头发的，但一想到自己满掌心的汗液和灰尘就又打消了这个念头："你这么问，让我心里好受了一些。"

"我们老师说，十分钟记迟到，二十分钟记旷课，半天记逃学。你迟到一个半小时，那就是——"樱桃有些苦恼地发现她既找不到一个标准答案，也没办法创造出一个新的词汇，"反正，你迟了很久。"她只能这么总结了，"我的胸花有点问题，满天星和胸针连接的地方粘得一点也不牢，所以我从昨天晚上就开始担心它们会不会在我陪你走红毯的时候掉下来，但现在看来，好像白担心了。"樱桃突然很浅地笑了一下，"是何先生来找我当你的伴娘。"

"什么？"于童的脑子像是骤然结了冰，不仅做不出该有的反应，甚至连最简单零碎的词语都无法进行理解和拼凑——胸花，红毯，何昭森，伴娘，这些合在一起是什么意思？她好像真的没办法像模像样地思考了，所以她只能懵懂地看着樱桃，"樱桃，你的意思是……"

身后宴会大厅的门一定被人推开了。于童确定。因为除去那一声缓慢拖沓如同从远古世纪传来的响动外，更重要的，是一口带着氟利昂味道的冰冷空气将她赤裸的后背逼出了一大片鸡皮疙瘩——虚无缥缈的感觉可能会错，但身体，永远都是一个学不会撒谎的小孩儿。

所以，她闭嘴了。她需要绝对的安静，来接受此时的审判。

"我的小祖宗！"
紧绷的神经和颤抖的身体在瞬间归为平静。不是何昭森。

"你跑去哪里了？我的天，你要把我急死是不是？我差点就要把马桶拆了去下水道捞人了，你知不知道？"宋颂着急地拉着于童左看右看，"怎么样，没有出什么事吧？你好不好？"

"我……"于童一时语塞，除了边摇头边将包塞回宋颂手里外，她也不知道该做些什么。但见到宋颂总归是好的，至少她可以不用像面对樱桃时那样，逼着自己拿出一副四平八稳类似大人的样子来。

"宋颂。"于童想也许她应该先告诉宋颂车子的事情，可她咬了咬唇，最先涌到嘴边的，却还是何昭森。她盯着宋颂，有些不安地问，"何昭森他——还在这里吗？"

"在，他一直在这里。"宋颂的脸色由宽慰转变成了微妙的尴尬——她想，一定是因为那个叫作苹果还是香蕉的小姑娘。莫名其妙地，何昭森就把她带了过来，说于童喜欢，也许会是一个惊喜——的确是"也许"了，毕竟喜没有，惊倒是一大堆。当然，宋颂也清楚这倒霉又刺激的婚礼其实跟人家小姑娘没半毛钱关系，但自己就是不喜欢她，从第一眼开始。

"跟座雕塑似的坐在那里快一个小时了。问他饿不饿，要不要喝水，也只是摇头不说话。"宋颂替于童撑开了一边的门，"进去吧，你一眼就能看到他。"

整个大厅都弥漫着一种极为迫人的寂静。

那条特意加长过的红毯现在已经被收了起来，它软趴趴的，毫无姿态可言地摊在角落里，像一块被烈日晒化了的巨型橡皮糖。头顶上那些瑰丽的水晶吊灯在此刻也保持着一致的静默，它们闭着眼，不管不顾地将晦暗和沉重压在庞大而易碎的身躯上。似乎在下一秒，它们就会成片成片地往下坠，像是下大雨似的砸在白色瓷砖以及瓷砖表面那些抹不去的点点污渍上——而何昭森，就端坐在这一切之中。

他离主舞台很近，系着香槟色缎带的椅背像是磁铁似的将他左半边身体牢牢吸附住了——他很少这样不端正地坐着。西装外套随意地敞开，白衬衫的领口处已经空了。他低着头，刘海遮住了他的眉眼和大部分表情，于童只能看见他一点点的鼻尖，以及一条很薄的唇线。

他完完全全地静止在原地，成为了这片寂静的中心——或者说，是源头。

"何昭森……"

于童半张着嘴，声音小到几乎听不见。她将垂在身体两侧的双手紧紧回握成拳，似乎是想以此来克制住自己此时的鼻酸和颤抖——尽管她知道，她是最没资格感到委屈的那一个。

"何昭森，我……我……"

"我"这个主语之后该接一些什么话才能让眼下这个既困顿又煎熬的时刻尽快过去呢？于童不知道。她只知道，她这句话的声音已经不算小了，可是何昭森依旧没有回话，没有抬头，甚至连一丁点的反应都没有给她——就好像他们之间，隔了一层又硬又厚的茧。

既然不知道说什么，那么再靠近一点总不会有错吧——于童也不知道为什么，哪怕到了现在这种境况，她也觉得何昭森不会真的伸手推开她。于是，她深吸一口气，缓慢却坚定地再次迈开了步子。洁白厚重的拖尾就像一条被深雪覆盖住的长街，沉默且顺从地随着于童前行，但遗憾的是，还来不及等到春天的拥抱，它们就被一阵细小的车辚辘声簌簌地碾碎了。

　　"对不起，对不起，小姐，压到您的裙子了，对不起。"两个服务员不停地道歉，其中一个更是慌张到手抖也要坚持先将餐车转至另一个方向——看样子，她们是来收桌的。

　　于童没有说话，只是沉默地看着她们将一盘盘完好的菜倒入一个巨大的蓝色塑料桶中，接着，碟子又被收进了餐车上的另一个白色塑料桶中，最后，她们拿起餐桌正中央那捧用香槟玫瑰和满天星扎成的花球，没有任何犹豫地丢进了两个大桶中间的黑色塑料袋。

　　一股热意就是在这时彻彻底底地涌上了于童的眼眶。

　　"何昭森……"她努力地眨着眼睛，但眼泪还是大颗大颗地落了下来，她知道，因为她莫名其妙的不安，因为她不打招呼的任性，她把他精心安排的一切都搞砸了。她也知道，她应该和那两个服务员一样先把"对不起"这三个字完完整整说上好几遍的，可是她的喉咙被什么东西堵住了，她费了好大的力气，也只能重复着他的名字，"何昭森——你……你别不理我……"

　　或许是因为服务员的介入，又或许是因为于童的眼泪，何昭森终于将头抬了起来。

　　他看着于童，脸上没有任何埋怨或是愠怒的情绪，他只是那么看着她，仿佛刚刚的沉寂不过是因为他陷入了一场长久且深沉的睡眠，然后他问："吃饭了吗？"

　　"何昭森，对不起……"

于童在回来的路上设想过一万种何昭森的反应——生气的，愤怒的，冰冷的，甚至直接指着门让她滚出去的，她全部，全部都想好了——她也不怕，她跟自己说，哪怕是要挨一阵刀雨她都打算梗着脖子淋下来——可是她怎么想，都没有想到何昭森只是淡淡的，像是平常见面似的，问她一句，吃饭了吗？老天爷——她不得不开始求饶了，你让刀雨落下来吧，你让何昭森喊我滚吧，求你了，千万别，别这样，我受不了，真的受不了。

于童抬起手，狠狠地抹了一把挂在下巴处的眼泪，声音里有种破碎的哽咽："对不起，真的对不起……我知道说对不起没有用，我知道我把一切都搞砸了，可是我……我不是故意……"

"好了，于童。"何昭森站起来，他知道于童现在在哭，他知道于童现在像个筛子一样在不停地颤抖，他也知道他应该抱住她，再不济，他也应该伸手帮她擦个眼泪——可他没有这么做。他的手依旧垂在两侧，因为连他自己也不知道，那些动作，该安慰的人，到底是谁。

"我爸先去安排那些外地的亲戚朋友了。"何昭森顿了顿，将搭在椅子顶端的领带也拿了起来，"你的便服在大厅后面的临时休息室里，去换了吧。等会儿我带你去吃——"

"不，我不要，我不要……"于童终于忍不住地大哭起来，她一边用力地摇着头，一边在模糊的视线中寻找着何昭森的手，"我不饿，我不要吃东西，我吃不下，我也不要换衣服，我不换……何昭森，你别这样，我真的错了，你别生气，不，你该生气，你骂我吧，要不你打我也可以……我罪有应得，我不得好死……"

何昭森将手从于童胡乱地拉扯间抽了出来，他刻意将自己的目光凝视在别的地方："没有那么严重，于童。你听我的话，先去换衣服，裙子弄脏了，只是……"说到这里，他突然像是笑着似的轻轻叹了一口气，"我以为让你选了一条不好走路的婚纱，你就不会逃走。"

等于童站在镜子面前时，她才知道此刻的自己有多狼狈。

头纱岌岌可危地浮在发髻上，没有先前那种紧抓头皮的痛感，她只觉得凌乱和松垮，似乎下一秒就会跌到地上去——这是堵车途中她对着后视镜努力摆弄了很久才得来的结果，为此那个男人还嘲笑了她几句，对了——那个男人叫什么？她好像忘记问了，不过这也没关系。因为此时此刻，一个陌生人名的重要性还不如造型师手底下的发胶和防水睫毛膏——要是没有它们，她一定看起来更加糟糕。于是，她将身子侧了一下，开始用右手去找背后的拉链。

她仔细地看了看，其实这条裙子上的任何一处都没有明显的污渍，但何昭森说得也没错，的确是弄脏了——因为它浑身上下都泛着一股雾蒙蒙的灰色，就像是从一串棉花糖变成了暴雨来袭前垂在天际的厚重云层——她想，都这时候了，她居然还有心思从世间万物中认真挑选对比物，尽管这个比喻依旧符合她不怎么高明的风格——但好歹，让她稍微冷静了一点。

然后，她听到门再次被打开的声音，她转过身，直直地看着走进来的何昭森。

"转过去。"何昭森只穿着一件衬衫，袖子也被他挽到了手肘部分。

他走到于童身后，指尖在空中停顿了会儿，最终还是落在了那根隐秘的拉链上，"我突然想到，"他尽量不碰到于童的身体，"你一个人可能没办法把它换下来。"

"何昭森……"

"其实我——"

"你先说。"于童咬了咬唇，她觉得在接下来的很长一段时间里，她都没有底气嚣张了。

"嗯。"何昭森倒也不推脱，他松开了拉链——因为她瘦弱且突出的两小块蝴蝶骨正在不遗余力地扰乱着他的思绪，所以他只好停下来，将刚刚进门时随手搭在沙发边缘上的西装外套给她披上了。接着，他转过身，面对着白墙，"你可以自己来了。"

"那……"声嘶力竭哭过的嗓子似乎很难在短时间内恢复清亮，不过一个简单的音节，于童都觉得她发得很困难，就像是有人往她嘴里塞了一大口生涩的粗砂，"那我自己来好了，可是——"她顿了顿，还是决定先把拉链拉下来——虽然她也不知道它的终点在哪儿。总之，在差不多拉到脊椎末尾的时候，婚纱开始松动了，再一往下，她就完成了一次蜕皮。

于童直接赤着脚，从那堆白纱里跨了出来，她看着不远处何昭森清瘦的背影，泪意又开始慢慢地爬上了每一根神经。

"何昭森。"她鼻头很酸，但也只能把力气用到说话这件事上，"你要跟我说什么？"——说什么都可以，真的，在这一刻，你说什么，都是对的。

"其实你没有到场，也不算一件很坏的事情。"

"什么？"于童一脸愕然，她确定自己没有听错。

"原因很多。"何昭森又往墙面处走了一两步，他们之间，隔得越发远了，"我——其实准备的，不是对戒。因为我觉得那些戒指和你都不是很相称。一开始我以为是款式和克拉的原因，但其实不是——是我认为白钻太过普通，你不该戴这么大众的东西。"他顿了顿，手已经紧紧地攥住了裤子口袋里那个小小的金丝绒盒子，"预订黑钻的确费了点时间，但幸运的是，它本身的形状很好看，所以我就没有让设计师切割开来再做成对戒——我一直在想，等到司仪说交换戒指的时候，我该怎么和你解释这个事，还有半苏山那个小姑娘，这几天我在忙她身上的手续问题，我也担心你当场看到她会不会太惊讶，或是她在婚礼途中出现——"他突然停了下来。因为他的后背感受到了一股细小，但却很冲的力量。

他想了想，于童上次这么抱他，好像还是在她家那个老房子的阳台上——她一定又没有穿鞋子，他的背部已经完全能刻度到于童的每一个细节了。她如果打赤脚，那么额头就会抵在他那一小截中偏下的背骨上。他知道，她又哭了。

"你用一走了之，干脆地解决掉了所有我担心的小意外，同时，也让我想了很多。"

"我错了，何昭森，我真的……"于童双手交缠，十分用力地扣在何昭森的前腹上。她知道，这样也许会勒到他，会让他感觉不舒服，但她就是不愿意松开，"是真的知道错了。"

"于童，我这么和你说，不是为了一句对不起——你也应该知道，其实言语上的道歉是一个没有什么实际用处的行为。"何昭森的手在空中顿了好几秒，最终还是轻轻地盖在了于童那两块用力到发白的手背上，"如果你回到四个小时之前，你还会走吗？或者，你回到去年圣诞，你还愿意跟我去民政局吗？我知道这很幼稚，也不现实。但是于童，我需要你给我一个诚实的回答。"

"不，我不走，我才不要走——"于童拼命地摇着头，满是泪痕的脸颊被何昭森的衬衫摩擦出了一点微妙的灼热感，"就算你拿着枪逼我走我也不走了，我就是要嫁给你，我不管，反正我不走，我上午一定是中邪了才会想出去散散心——可是为什么中邪不能原地中呢，我怎么这么没有用，怎么办，何昭森，我今天一定害死你和何叔叔了……"她稍稍给自己缓了一口气，因为她感觉到何昭森一直紧绷着的身体明显地放松了许多，"可是如果回到去年圣诞的话，我会提前好好化个妆的——结婚证上的我丑死了，特别是和你比起来——"

"不丑。"何昭森转过来，用双手托起了于童的脸，她纤细而流畅的下颚骨在他手掌间微微颤抖着——他想，他终于可以问心无愧地替她抹一把眼泪了，"我觉得很好看。"

"你少来，明明那么丑，你这个就是所谓的情人眼里出西施——"于童愣了一下，就在后知后觉的绯红要侵入她的耳根时，她却突然听到宋颂正在用超高分贝的声音喊着她的名字。

"完了，何昭森。"于童下意识地裹紧了身上宽大的西装外套，"我把宋颂的小老婆送到局子里去了——她一定是接到了那个警察的电话，完了完了，你松开我，我得去向她请罪了。"

"好。"何昭森大方地放人，"现在向她请罪，晚上向我请罪。"

"喂！你要不要这么……这么……"

于童本来是想说无耻的，可是她又觉得她现在的确是个罪人，从古至今，应该还没有哪个罪人可以向受委屈的那方痛骂无耻的——但她想了好一会儿，实在是想不出无耻的替代词。

算了。她一边故作大方地表示不跟何昭森计较，一边捂着有些燥热的脸开始往休息室门外跑。门一开，她却看到了狭小走廊上，站着一个樱桃。

"好樱桃。"虽然有一肚子的疑问想要跟樱桃好好聊聊，但现在时间紧迫，于童也只能抽空拍了拍她的头，"听到外面那阵怒吼声没？所以我现在没法陪你玩了，你先在这里……"

"好。"樱桃微笑。

"真乖。"于童一边表扬樱桃，一边继续着她的奔跑。离外面那片大厅越来越近了，她却没来由地突然回了下头——樱桃的身影已经被缩成了一个小小的白点，接着，樱桃似乎是以一种极度轻盈的方式扬起了下巴，她又开口了，声音遥远且模糊，但却飘着一股莫名的婉转。

樱桃在说："何先生，你为什么总记不住我叫作樱桃呢？"

第六章
DILIUZHANG

给你一些温柔的缝隙

何昭森是在梦醒了之后，才决定去主卧看一眼于童的。

老实说，他也不知道为什么在那场乌龙婚礼之后他和于童依旧选择分房睡，好像只要她不提，他也不急的样子，但是说到底这种事的主动权也不会真的完全交付于女方——哪怕她是一个张牙舞爪，天不怕地不怕的小姑娘。

当然，经过那场婚礼，她变乖了很多，不说本质，但至少爪子和牙齿都收敛了不少——反正最近的日子不管怎么过，都绕不开那场婚礼，所以还不如干脆一点，去坦然接受。毕竟这个世界讲究平衡，闹剧过后，总会有好运降临，更何况，他从来没有责怪于童的意思。

这时，客厅里那台净饮机又开始自动过滤温水里的杂质了。

它的声音很小，放在平时根本听不见，但眼下是凌晨一点五十五分，自然显得有些聒噪，于是他走过去，打算调换一下模式，但在他抬手之际，眼尾的余光却率先扫到了一个长圆形玻璃杯——这个浑身崭新，似乎还带着商场气息的杯子再一次提醒了他，现在这个屋子里，不仅仅只有他和于童两个人。

樱桃——何昭森花了好几天，才开始这么叫那个小姑娘。

因为他总觉得这两个字不太像一个正规的名字，而更倾向于一种亲密的昵称。

他们单独相处的时间屈指可数，所以对樱桃的印象也比较淡薄，除了皮肤很白，是个娃娃脸之外，就只剩下了一套过于纤细的四肢。其实他也不太清楚樱桃这个年纪里该有的标准，但总之，他觉得她还可以再长胖一些——就像他刚刚梦见的，十六岁的于童。

何昭森走进主卧，夜灯所散发出的暗蓝色像潮水一般静谧地涌到了他眼前。

尽管步子已经放得很轻很轻，但何昭森还是看到于童在一片模模糊糊的混沌中，把手从被子里拿了出来，然后，她开始慢吞吞地揉眼睛——这是她要醒来的前兆。

"我把你吵醒了？"他站在原处。

"没有，是我自己没睡好……"于童有气无力地回应着，她本来是想坐起来说话的，但努力了好几次，最终还是塌陷在柔软的被褥中，"不过你大半夜私闯民宅干什么？"

"私闯民宅中的民宅，指的是他人的住宅，可是于童——"雪白的羊绒地毯彻底吞噬了何昭森的脚步声，他停下来，顺势坐在了于童的床边，"这是我家。"

"不管。"于童将身子彻底地侧了过来，她喜欢面对面和何昭森讲话——似乎这样子，对话就能进行得更顺畅一点，"我不管——"她一边将兔子抱枕揽进怀中，一边不安分地摇晃着她的头，"上个星期还是上上个星期，你把我名字也加上去了的，所以这就是我家。"

　　"变聪明了。"何昭森笑了一下，接着又伸手帮于童把那些散落在脸颊上的头发通通抚到了脑后——他知道，她刚刚的摇头，不全是因为要耍赖，"怎么睡不好，哪里不舒服？"

　　"也不是不舒服，就……"何昭森的手依旧停留在于童的脸颊上，似乎还轻轻地摩挲了一两下——不同于先前那些头发所带来的烦人的痒，眼下的这种痒，是带着比自己体温高半度的，缱绻的痒，总之，一点都不讨厌，"腰酸，肚子疼，好像还有一点——"

　　"你又背着我偷吃什么东西了？"何昭森像是提猫一样，照着于童的后脖颈掐了一下。

　　"呀，你干吗？"于童整个人都跟着何昭森的动作实打实地瑟缩了一下，于是一大片鸡皮疙瘩就在她背后迅速地蔓延开来，似乎连带着她的声音都发生了一些微妙的变化，"我、我也不是故意的啊。今天带樱桃去看电影，散场的时候路过一家新开的冰激凌店，她还从来没有吃过那种装在铁桶里然后直接舀出来的冰激凌球呢——所以我就想我今天都最后一天了，那么陪她一起吃点应该没什么大问题吧？不然让她一个人吃她会不好意思的……"

　　"不要装了。"何昭森居高临下地看着于童，后者则尽量地在做可怜状，"嘴馋就照实说，别拿小孩子出来当挡箭牌。"

　　"才不是呢。"于童不服气地小声嚷嚷着，尽管她知道何昭森说得的确没错。她和樱桃都已经走出了商场，是她又提议折返回去吃冰激凌的，"本来还约了宋颂一起去吃麻辣香锅的，可我最后还是忍住了，你要知道，麻辣香锅可比冰激凌厉害多了，所以你还得表扬一下我坚定的意志……"随着底气的不足，她的声音也越来越小，所以她干脆将话题拨回了五分钟之前，"你还没有回答我——半夜跑来我房间，是不是想偷袭我？"

"不是。"何昭森摇了摇头，"我就是想过来看看你。"

于童愣了一下，因为她压根就没想到何昭森的回答会是这么、这么——温柔和诚恳？她想了会儿，大概就是这两个形容词了。但她也知道，这其实是一句很普通的话，可为什么当它从何昭森的嘴里说出来之后，她就觉得连周围的空气都变得凝滞潮湿了呢？就像是在快天黑的时候认真眺望着某个远方，而那里，即将下起一场不大不小的季候雨。

"怎么啦？"于童的手指像是新生的藤蔓，胆怯又细嫩地一路直达何昭森的膝盖，她屈起指节，轻轻地，像是挠痒痒一般地刮着他那块坚硬的骨头。这时，她才后知后觉地发现，原来他们俩今晚穿的是那套格子的情侣睡衣，"你是不是做噩梦了？"

"不算是噩梦。"何昭森看着于童的眼睛——说来也奇怪，他总觉得，于童的眼睛在夜里才最为清亮。接着，他握住了那根不怎么安分的食指。她的指甲向来修得短，所以指头总是冒着一种肉嘟嘟的，淡粉色的傻气。他将它完整地包裹起来，既纤小，又柔若无骨，似乎在下一秒，就会融进他的手心和他血脉相连，"只是一些过去的事情。"

"过去的事情？"于童一脸无辜的茫然，"那我也在里面吗？"

"在。"何昭森很浅地笑了一下,如果可以,他倒宁愿那时候的于童不在,"是高中毕业聚餐那天的晚上,吃完饭已经接近九点了,但老师们还一直拉着我——"

"好吧。"于童眨了眨眼睛,她以为他们之间任何一个人在有生之年中都不会再主动提及那个倒霉又惨烈的晚上,她还以为——算了,毕竟不在她以为范围里的事情多了去了,比如戴着何昭森送的钻戒以他妻子的名义睡在他曾经的卧室里——所以,不差眼下这一件。

"如果你的梦和你的人一样无聊只认事实的话,那么我马上就要悲剧登场了。"

"我当时真的不是故意不接你的电话,包厢里面太吵了,我没听见。"

"没关系。"于童大方地摇了摇头,"手机这种东西到了关键时刻总是没用的,我理解,剧情需要——反正电视剧里都这么演。"

"然后那顿饭终于散场,电梯门一开,我就看到了坐在沙发上的你——你还穿着家里的那双拖鞋。但你没有这么快发现我,你靠着墙,一边跺脚一边按手机。"那天晚上关于于童的每一个场景和细节,何昭森都记得很清楚。五年了,他一点都没忘。只是他也不知道,如果那时在包厢里接到了她的电话,如果在酒精发挥作用前听到她的声音,那么,那些话,他还舍不舍得说出口,"你过来喊我回家,但是我把你拉进银福酒店的那条小巷子里,我……"

"好了,何昭森,不要回忆了。"

于童连被子都没来得及掀就一骨碌坐了起来:"不管你接下来的是什么,你都不用说了。"

淡紫色的空调被胡乱地绞着她腰部以下的位置，像一朵畸形的花，接着，她用何昭森没有握住的那只手，轻轻地盖在了他的双唇上："你听我说就好了。"

"我那时候的确非常讨厌你，也非常不能理解你，为什么因为何叔叔——我现在不叫爸爸，不然爸爸和我妈——这听起来很奇怪。"于童咬了咬下嘴唇，手也慢慢地垂了下来，"在你和我说那些话之前，我是不知道何叔叔喜欢我妈妈喜欢了那么多年的，我也不知道因为我妈妈，何叔叔愿意放弃你——我知道你受不了这个，但我也受不了那时候的你——这些事和我有什么关系呢？你不能对何叔叔和我妈做什么，就莫名其妙地把这笔账算在我头上，要我也尝尝长期建立起来的信任与亲密在一瞬间崩塌的感觉——何昭森，你怎么能那么坏呢？"

何昭森的嘴角动了动，但最终，还是没有发出半个音节。

"但我现在想通了，如果你一定要当一个又聪明又爱计较的坏人，那你对我一个人坏就好了，没关系——因为上次婚礼的事，我觉得非常非常对不起你，虽然之后我没怎么提过，可是我真的总在想着这件事。"于童短促地笑了一下，"对一个人抱有深重的歉意真是太难受了——每分每秒都忘不了。所以你如果一定要对一个人坏，那就选我好了。我才不要你因为这些乱七八糟的愧疚就总想着别人。而且，我也是个了不起的对手啊，你不会觉得无聊的。你看我，穿着婚纱说走就走，简直酷到没边。我们扯平了，现在比分一比一，所以你……"

"其实我一直都没有找到合适的机会告诉你，"何昭森顺着那根小小的食指将于童整只手都攥进了掌心，"不管你对我说了什么，做了什么，在外人眼里看来有多么严重，我都不会真的去怪你——但是你得知道，我这么做，并不是因为那些乱七八糟的愧疚。"

"那我不行，我才没有这么大方。"

尽管此时房间里的光线不足以让何昭森看清于童脸上的表情，但她还是不放心地想将那层从皮肤底下溢出来的绯红给镇压下去，于是她刻意提高了声音："我该恨的还是恨，该气的还是气——就拿那天晚上来说好了，我还以为你把我拖进小黑巷子是要干什么呢，脑子里闪过了一万部偶像剧，结果你居然……"

"好了，别闹。"何昭森揽住于童的后腰，连人带被子地拖进了怀里，他也不看她，只是将下巴轻轻搁在了她的肩膀上，"你以为我当时要干什么？"

"我……"于童瞬间就僵硬了起来，好像手也不能动了，脚也不能动了，浑身上下的力量都一股脑地冲向了左胸膛——扑通扑通——自己可真没用，"我不知道。"

"那偶像剧里一般怎么演？"

"就男主角表白啊，或者直接强吻女主角然后女主角抬起手给一个——"于童突然哑了喉，因为她明显感觉到何昭森的下巴已经离开了她的肩膀——他似乎是偏了一下头，然后开始向上游走。

在这绝对的寂静里，她发现他的唇有些凉。然后，它漫不经心地滑过了她的锁骨，她的脖颈，她的下颌，最终，停在了她的耳垂。他轻轻地，咬了她一下。

"何昭森你……"于童简直不能相信这一刻像是水一般的声音是她自己发出来的，可是她不能放任这种沉溺——至少现在不能。

"你没听到有人在敲门吗？"于童咬着嘴唇，费了好大的力气才让自己的手揪住何昭森的衣角，"真的——你听听，我真的听见有敲门声。"

不出任何意料，但又的确有些意外，是樱桃。

"何先生？"樱桃似乎也没想到来开门的人是何昭森。

说来也奇怪，樱桃喊于童一直喊姐姐，喊何昭森却坚持用先生这个称谓——何昭森自己也想过这个问题，不过这样也好，相比于别扭的哥哥或者叔叔，他倒是更宁愿听见一声先生。

"怎么了？"何昭森大概地估算了下时间，现在应该已经快三点了。

"我——"也许是因为来找于童的原因在何先生面前有些难以启齿，又或许只是单纯地觉得前两天的理发师将她的刘海修得太短了，总之，樱桃有些不好意思地低了低头，"我背上很痒，还有点痛，我不知道是长了什么东西还是过敏了……"

"过敏？"于童咋咋呼呼的声音从何昭森背后传来，"怎么会过敏呢？"她半跪在床上，向着门口的樱桃急切地招手，"樱桃你怎么回事呀，不舒服的话干吗不早点来找我？快过来让我看看。"接着，她又故意干咳了两声，"好了，我们女孩子要开始私密谈话了，麻烦何大律师出去的时候替我们把门关上。"

"不要弄太晚。"何昭森走出房门后又特意回头提醒，"明天樱桃还要去报到。"

"报到？"于童一边疑惑地望着何昭森，一边凭着感觉在墙面上摸索壁灯的开关，"就要开始上课了？可是现在不是还在放暑假吗？"

"一中重点班一般都会提前半个月左右开学。"何昭森说，"这是传统。"

"是吗？可是——我不是一中毕业的吗？"于童澄澈的声音在已然光明的房间里听来十分理直气壮，"那我为什么不知道？你可不要当那种坏家长瞒着我偷偷给樱桃报培训班——"

"于童姐姐。"樱桃小声地拉了拉于童的袖口，"是真的要去学校上课。昨天下午何先生就已经把校服给我了。还有，我觉得一中的校服比我之前的校服要好看。"

"傻樱桃，校服再好看又有什么用，还不是得穿着它去学校读书。"于童一脸惋惜地拉着樱桃在床边坐下，"可怜。明天中午没办法带你去吃旋转寿司和驴肉火烧了，但是我保证，一放学我立马来接——"

"于童。"尽管此时的于童看起来的确心情不太好，但他还是不得不火上浇油一把，"明晚你哪儿也不能去。我妈四点半的飞机落地，我们得去和她吃晚饭。"

"天哪！"何昭森一走，于童就把自己崩溃地扔在床上，"我居然忘记了这件事。"

"为什么？"樱桃好奇地问，"和婆婆一起吃饭——真的有电视剧里演的那么吓人？"

"也不是。"于童瞪着天花板，小腹又后知后觉地疼了起来，"主要是——怎么说呢，因为何昭森的妈妈好像是受不了何叔叔一直惦记着我妈妈才和他离婚的，然后刚好那时候我家里也出了一些事……奇怪，那到底是何叔叔先离婚还是我家里先出事呢？算了算了记不清了，反正——"她又叹了一口气，"你们小孩子不懂的。我就觉得她妈妈应该不会喜欢我。"

"这样是不对的。"樱桃居然一本正经地分析了起来，"你刚刚说的那些事，都是比你还大的大人们的事，跟你又没有关系。如果因为这些事就讨厌你，是不对的。"

"其实除了这些事，他妈妈不喜欢我的理由还有很多啊——"

于童磨磨蹭蹭地爬起来坐着，然后将被子分了一大半给樱桃。

"你看，何昭森的成绩和学校都那么好，可我差一点就去了专科，他有一份能挣大钱的工作，我就只是一个厚脸皮的无业游民，而且婚礼上还让他丢了那么大面子——天哪，樱桃，你说何昭森为什么还要娶我？他是不是有病？"

"何先生他——"樱桃突然转过脸，认真地盯着于童无比惆怅的双眼，"他对你很好。"

"喂，你真的是一个还没有满十六岁的小朋友吗？"于童终于笑了，顺便还抬手掐了一把樱桃的脸颊，"其实你跟我差不多大吧？宋颂还老说你比我成熟呢。"

接着，她拍了拍枕头，示意樱桃将身子背过去。

"要死，你怎么还是这么瘦？带着你吃了这么多天，肉都长到哪里去了？"

樱桃的骨架似乎比于童想象中的还要小上一些，它纤细，但却有种莫名的坚硬，好像只要樱桃将背部再弯曲一些，那根白森森的脊椎就会毫不留情地戳破她表面的皮肉。

于童恨铁不成钢地跳下床，开始满房间找药膏："我像你这么大的时候比你重十几斤。"

"不信。"樱桃将被子抱得更紧了，"你明明也很瘦。"

"那是现在嘛。何昭森去外地念大学的时候我生了一场挺严重的病，就是从那次之后，宋颂一天带我吃五顿我体重还能掉两斤——可把她气死了。"于童晃了晃手里的淡绿色药膏，"这个是外擦的，应该不会和你现在吃的药起冲突吧？"

"我觉得，"樱桃顿了顿，"应该不会。"

"那——"于童一边拧盖子，一边又重新坐回了被褥中，她对于接下来要问的话有些不好意思，"就是那个，你刚刚为什么说何昭森对我很好？"

"那天何先生一个人来半苏山找我的时候，我很惊讶。"

清凉的药膏瞬间击退了樱桃后背上那层灼热的瘙痒，但很快，又有一种崭新且细微的疼痛迅速蔓延开来，樱桃接着道："他说你很喜欢我，所以希望我能和他走，去参加你们的婚礼，并且让我暂时住在你们家——因为你最近好像一直不太开心。所以他是对你很好的吧？我那么麻烦，又要吃饭又要上学还要看病，可是为了你能够开心一点，他就来接我了，所以——"她自问自答地下了结论，"他就是对你很好。"

"可我最近真的很糟糕。"得到答案之后，于童反而更加落寞，她咬着下嘴唇，又长又用力地叹了一口气，"就好像得了矫情病，来来回回揪着几件相同的事不开心——简直莫名其妙，要是人没有痛觉的话我一定第一个宰了我自己，墓碑上还要刻着此逝者最烦她本人。"

樱桃咯咯地笑了起来："放心吧，我是永远都不会烦你的。"

"你才这么小，说什么永远啊。"于童也笑了，她是真的不理解为什么宋颂那么随和的一个人，却在面对樱桃时总是一副不冷不热爱答不理的样子，明明她和樱桃可以聊得这么来，"你看，何昭森说你来了我就会开心，结果你就来了，所以你也对我很好嘛，是不是？"

樱桃笑了一下，不置可否。

"这么快就弄完了？"

虽然已经特意提醒过于童，但对于樱桃不到半个小时就从房间里出来这件事，何昭森还是感到有一些意外——他以为，他至少还要再进去催一遍的。

"嗯。"樱桃重重地点了点头，但似乎有些太用力了，以至于何昭森觉得她下一秒就会因为这个点头而摔倒。"何先生，"她好奇地往厨房方向走了一两步，"你在干什么？"

"给她熬一点东西。"何昭森一边回答，一边往手边那只半透明的磨砂壶里放进了红枣片和黑糖块——期间他一直都没有转过身去面向樱桃。但就算这样，他也知道，那个孩子，正用一种非常坦荡和直接的眼神，长驱直入地盯着他的后背。他其实不喜欢被不太熟悉的人这么毫无遮拦地看着，但对方是个孩子，用不着太较真。

"你要喝点牛奶吗？"问话间，何昭森已经和樱桃面对面了，然后他看到净饮机的水温恰好跳到了100℃，"医生说这次新开的药也许会影响到你的睡眠质量。"

"好。"为了符合整体的装修风格，这套房中原定的厨房部分被敲掉一面墙，做成了非常典型的现代开放式，这样子的厨房，樱桃只在电视上看见过。"那就喝一点再去睡觉。"她慢慢地走过来，最终停在了那张细长的大理石桌子面前，接着她的手臂轻轻一撑，整个人就非常轻盈地落在了暗红色的高脚凳上。那一瞬间，何昭森觉得她像只风筝。

"甜一点还是淡一点？"他问。

"其实都可以，但是——"樱桃像是有些为难似的歪了一下头，"还是淡一点好了。"

"好。"往往在这种时刻，何昭森就会有些模糊了樱桃的实际年龄。因为她既不娇气任性，也没有任何刻意的叛逆或寄人篱下的盲从——说早熟也不太恰当，更多的，是像在和一个脾性温和的成年人相处及对话。但何昭森也知道，只要对上了那双清澈赤裸的眼睛，只要感受到了那阵专心致志的注视，那片模糊就会散去，他就会在薄雾褪尽的那瞬间想起，樱桃才十五岁，就算再怎么肆意妄为也会有大把原谅等着她的十五岁——但很明显，她放弃了这个特权，她选择让身边的人过得轻松一些。这不是一件坏事。可何昭森认为，如果一个女孩子太早懂事，那么对她本人而言，其实并不是什么好事。

何昭森把牛奶放到了樱桃的手边："关于明天上课的事情，记清楚了吗？"

"初三一班。教室在翱翔楼五楼，从左边数第一间。班主任姓刘，教的是化学。"樱桃一五一十地说着，就像是在背课文，"我也会记得穿校服，我都记得的，何先生。所以你明天可以去忙你的事情，不用挤时间送我。"

"你知道我明天上午要开庭？"何昭森看着她，而她一直盯着她手里的那杯牛奶。

"我……我不是故意的。"樱桃继续垂着眼睑，脸上的表情也随着那层微乎其微的热气被氤氲开来——真奇怪，明明是夏天。"我只是路过书房的时候不小心听到你打电话的声音。"

"不要紧，我只是问问，没有别的意思。"

"何先生，你是不是总是很忙？"樱桃终于将脸抬了起来。

"还好，最近事情比较多，但在接受范围内。"说到这里，何昭森忽然觉得把樱桃从半苏山接来或许是一个再正确不过的决定——除了自己和宋颂，于童身边似乎已经没有能称得上亲密的人，而樱桃的到来，不仅让童小小地欣喜了一把，同时，也填满了那些因为官司和应酬而不得不让她独处的时光——看来，他还得感谢樱桃，"还有，明天晚上我和于童……"

"我知道。"樱桃似乎是有些急切地将话接了过来，这是何昭森印象中，她第一次打断他说话，"我有备用钥匙，也会看公交车站牌，所以放学了可以自己回来。冰箱里也还有今天中午和于童姐姐叫的外卖，太多了，有几样没有吃完，刚好明天晚上用微波炉热一热。"

"你会用微波炉吗？"何昭森也不知道为什么他把重点落在了这里。

"会呀。"樱桃又重重地点了一下头，"微波炉应该和烤箱差不多吧？把门打开，把东西放进去，然后再把门关上，最主要的就是时间问题——以前在半苏山的时候，马妈妈每年都会组织感恩节活动，蛋挞都是我做的——今年的感恩节，我也可以做给你吃。"

"功课上有什么不懂的可以来问我。"显然，何昭森对过节并没有什么兴趣，"如果实在跟不上班里的速度，也可以给你请一个家教。当然，如果你的身体不舒服就不用——"

"不。"她神情严肃，就像在宣着什么了不得的誓，"我会努力念书的，落下的功课也会尽快补起来，我喜欢自己成绩好。"接着她从高脚凳上跳下来——其实也算不上"跳"，因为她下来的动作远没有坐上去时那么轻盈利落。右腿先试探似的着了地，跟着整个人歪斜了一下，才找到最终的踏实与平衡。

"我去睡觉了，何先生。杯子我先放在这里，明早出门的时候再来洗，我会记得的。"

这时，何昭森才发现樱桃在聊天过程中已经把牛奶喝完了。

"晚安，早点休息。"

他没有回话。

直到客房的门轻轻关上之后，他才将那个带着余温和奶香的玻璃杯，放进了水槽中。

"我的天，好险，还好赶上了——"

于童站在初三一班的门口，劫后余生似的长舒了一口气："不然我一定要愧疚死了，可是我真的就赖了那么十分钟床而已，谁知道今天一路过来都是红灯——真是气死人，一边生气还得一边祷告千万不能让你第一天开学就迟到，我自己念书的时候都没这么在乎过迟到这件事……"她一边说，一边将头往教室里探，"还有好几个空位置，也不知道你坐哪儿。"

"你以前念书的时候总是迟到吗？"

樱桃的书包也是新的，那两根微微隆起的肩带给了她一种非常不合身的感觉。

　　"初二有段时间总是迟到，然后我们班主任就把状告到何昭森那里去了——真是的，难道我看起来很怕何昭森？吴老师也太瞧不起人了。"于童不满地努努嘴，但很快就被贴在走廊墙壁上的座位表给转移了注意力，"樱桃快来看，啊！你坐在第五排第四个，没错吧？"

　　"没错是没错，可是为什么会有同桌呢？"樱桃的声音听起来很泄气，"我们那里都是单人座的，我不喜欢同桌。"

　　"没办法，现在你只能克服一下了。"于童的眼神往"樱桃"的左边挪了一个小格子，"白熠——这名字男的女的啊？火字旁，应该是男的吧。你们班五十多号人，就只有你俩名字最特别，难道是按照这个来排座位的？"

　　"不知道。"樱桃小小的叹气声淹没在尖锐的打铃声中，"我得进教室了，于童姐姐。"

　　"等等！"于童像是突然想起了什么似的叫住了樱桃，接着，她递过去一个藏蓝色的帆布圆形小包，"差点就忘了这个要给你——手机是何昭森准备的，不过他也真奇怪，居然只输了我的号码进去，难道他不知道要是真的出了什么事找我是最不靠谱的吗？"她促狭地眨了眨眼睛，"不过你放心，我已经把何昭森还有宋颂的号码都存好了，是不是很聪明？哦，对，包里还有一些钱，我知道你有领补助，可是——你就先拿着吧，不要在学校受欺负。"

　　送完樱桃之后，于童就走出了翱翔楼。

这栋楼前几天才正式剪彩，听宋颂说好像是一个很了不起的校友为了回报母校才出资建造的，因为陌生，所以在刚刚找教室的途中活生生浪费了几分钟——最后还是靠着樱桃的方向感力挽狂澜。虽然被小孩子照顾了一回，但她也没有任何的不好意思，反正，都那么熟了嘛，更何况从这里出去之后，再往右走上大概五百米的距离，就是她非常熟悉的区域了。

　　食堂和开水房的后面有一条小路，从那里穿过去，基本上就到了一中的侧门，侧门比正门更靠近马路，比较方便打车。她想，她得回家好好收拾一下自己才行，毕竟下午还得见何昭森的妈妈——早上匆匆忙忙的怕连累樱桃迟到，她好像连头发都没有来得及梳。

　　她一边走，一边消遣似的踩着地面上那些零散的落叶玩，青黄不接的居多，今年的秋天，这么快就来了吗？然后她像是向天空求证似的将头抬了起来，一栋完全崭新的建筑就这样闯进了她的视野——不过这一次，不再是教学楼。

第七章
DIQIZHANG

夏夜美人鱼

周淮南一眼就看到了于童。

今天来学校的人不算多，算上初中和高中两个部，一共也就六个班开学。

现在已经打过铃了，该念书的念书，该教书的教书，干脆把那些送孩子来念书的家长也加进来好了，他们此时应该在外面那条学院路上此起彼伏地按着车喇叭——总之，他没有想到，在这个时间点上，居然会有人来体育馆。

就着玻璃门那声沉重且敦厚的响动，周淮南通往更衣室的步伐也停了下来，然后他双手撑在二楼走廊的不锈钢栏杆上，撇着嘴角无声地笑了一下——小城市就是这点有意思，不管走到哪儿，都能看见不太陌生的脸。

首先映入于童眼帘的，是一个很空阔的篮球场。

可能是因为没有那个总喜欢横冲直撞的篮球，也没有尖锐的哨子声和无数双篮球鞋底蹭着地面的摩擦声，她觉得，这个篮球场像是一片寂静的荒川——那么又重新造个荒川干什么呢，一中又不是没有像样的篮球场。

然后她想起来，她以前很喜欢趁着自习课偷偷溜出来看何昭森打球——说来也奇怪，连着三个学期，何昭森的体育课都撞上了她的自习课，巧合到简直像是在故意激励她绝对不能辜负老天爷这一番美意——虽然最后的结局总是千篇一律，被皱着眉头的何昭森押犯人似的送回教室里——看来吴老师也没错，她的确有些怕何昭森。不过这点，她只对自己承认。

看了好一会儿，于童才发现观众席通道处有两块指示标牌，一块写着安全出口，另一块写着游泳池——游泳池？这倒是以前的一中没有的。出于好奇，她开始按照箭头上的方向前行。

"别碰——"

周淮南想，这个于童也真是够迟钝的，在一楼的篮球场没有发现他也就算了，这会儿终于找到了负一层的游泳池，居然还没有发现位于正上方的他，反而还跟个小孩子似的蹲下来打算用手去划泳池里的水。"水里有毒。"他上一次跟别人开这么幼稚的玩笑，还是十三岁。

于童一惊，手迅速收回来的同时也仰着头找到了发声源，她发誓，在看到周淮南那张脸的时候，她想问的不过是为什么他也在这里，结果一张嘴，说出的话就不听自己使唤了。

"真的假的？"

特别是她的语气听起来既诚恳又恐慌，丢死人了。

"就没见过这么好骗的人。小姐，你真的到了法定婚龄——不，你成年了吗？"

周淮南甩着护目镜，吊儿郎当地从楼梯上晃了下来。

"下次换个角色穿穿。"他站在离于童半米开外的地方冲她扬了扬下巴。于童知道，他指的是她卡通T恤上的蜡笔小新。"柯南、福尔摩斯，再不行也可以试试哈利·波特——他们说不定能让你变得聪明一些。"

"要你管？"于童不悦地瞪了他一眼，这个人似乎无时无刻不在释放着他的闲散和笑意。

"可是你现在在我的地盘。"周淮南将于童不怎么友好的态度照单全收，接着他在泳池边坐了下来，"要来试试这个水吗？放心，已经消过毒了——是消毒。"他一边特意强调，一边无意识地用脚掌在泳池里激荡出一圈圈浅蓝色波纹，"不过现在优氯净的味道还很重，大部分人都不喜欢闻，我倒是还能接受。"

"不要，我不会游泳。"于童认真地摇着头，"万一你把我拉下去又不救我怎么办？我下午还有很重要的事情要去办的。"她知道，虽然她说的句句都是实话，但拒绝这个提议的原因不过是因为她觉得她和眼前这个人还没有熟到能把脚伸进同一个容器里——哪怕这个容器是一个大规模泳池。但她就是觉得，这和跟着一众人下饺子似的跳进泳池里不一样。

"不过，你为什么会在这里？"她终于想起她最开始想问的问题了。

"不是说了嘛，这里是我的地盘。"

周淮南依旧懒洋洋的："你好像总是在等会儿要去干什么很重要的事的时候撞上我。"

"就两次，什么总是，你别咒我，"于童一脸严肃，"而且这次我是绝对不能迟到的，要是像上次一样我就真的死定——"

"小姐，你讲点道理？"周淮南将脸转过去，差点笑出来，"上次迟到完全是你自己自作自受吧？你追了我的尾我不找你麻烦还把你送过去，对了，你那个婚，结成了吗？"

尽管这个问法听来有些奇怪，但于童还是将戒指从T恤的领口里拿了出来——因为她觉得自己又肉又短的手指一点儿也不好看，她不想拖累那颗黑钻，所以干脆找了一根普通的银链子将它串起来戴在了胸口。何昭森也没有什么意见，只说下次再去买一对简单点的对戒。

她晃了晃手中的项链，就当作是在给周淮南回应。

"可以。"周淮南只粗粗地扫了一眼，就将眼神重新锁定在于童的脸上，"一看就很贵。"

"喂，这哪里是重点？"于童瞪大了眼睛，"庸俗！"

"行吧，庸俗就庸俗，其实这也不是什么坏事情。"周淮南笑了笑，他懒得和于童争，"那一点都不庸俗的你，下午是要去干什么？"

"去见他妈妈……"一说到这个，于童的声音就远不及上一句骂他庸俗来得有底气了。

"然后一块吃晚饭……其实吃饭就吃饭，没什么大不了的，但是这顿饭的重点又不是真的吃个饭而已……"她慢慢地蹲下来，将头垂得很低，两只手也不自觉地拧在了一起，"我不知道怎么做才能让他妈妈喜欢我，我甚至连见到他妈妈的第一句话都没有想好，是先叫妈妈好呢，还是先叫婆婆好呢，然后是该说旅途辛苦了呢，还是夸她年轻又漂亮呢……我这里，都没有一个大人或者有经验的人来教教我——"

"那你老公怎么说？"周淮南深深地看着于童，准确地说，是于童的一小撮头顶。

"他说自然一点就行了，可是……"于童突然叹了一口气，"哪一次闯祸搞砸事情的我，不是自然的我呢？我就是想在见他妈妈的时候变成一个不会搞砸事情不会闯祸的我啊，自然不自然都没关系的……我这些年给他惹的麻烦够多了，不想再连这点基本的事都做不好——是吧？跟他妈妈好好相处是最基本的事吧？"

"不是吧？"周淮南似乎也跟着于童苦恼了起来，"婆媳关系难道不是人类最难处理的关系，并且没有之一吗？不过——"他的声音来了一个微妙的转变，"你既然这么在意，那那天为什么还要逃婚？"

"我……我不知道。"于童一边闷声闷气地回答，一边将绞在一起的手变成了两个小拳头，她把它们分别放置在自己的膝盖骨上，有一下没一下地摩擦着，"我是真的不知道。"

是不知道也好，是不想说也罢，反正对周淮南来讲，都没什么区别。他既不是她老公，也不是那些八卦或不平的看客——他没必要去逼问眼下这个看起来又烦又可怜的女孩子。

"我也不知道怎么帮你，反正每次我遇上点什么事的时候就爱在水里待着——"周淮南静静地看着池子里的水，但他知道，他此时看着的，远远不止这些，"不开心，游 500 米，非常不开心，游 1000 米，非常非常不开心，那就游个 3000 米，总之，没有什么是游泳解决不了的，但可惜你不会，那不如，你看我游？"

　　于童有些愣，直到周淮南一个跃身俯进池底时，她才后知后觉地想起在上次对话中，他明明满脸落寞地说过，他再也不能游泳的。

　　"喂！"

　　在水花溅起的那一刻，于童突然崩溃地发现自己竟然还不知道这个人的名字，但也管不了这么多了，泳池里匀速但却激烈的水声在空荡荡的体育馆里不断回响，一下又一下地冲击着她的耳膜——就像是一堆不怕死的海浪誓要冲破坚硬的礁石。

　　她慌慌忙忙地站起来，开始跟着周淮南的移动方向而小跑："喂！你听得到吗？你别——别游了！上次不是说你不能再游泳了吗？万一你现在游着游着突然……"

　　"突然怎么？"周淮南停了下来，因为没有任何征兆，所以他周遭的水还持续着大自然的惯性，从于童的角度望过去，他湿透了的头发，滚着水珠的脖颈，以及只能看到一丁点的肩膀，都变成了波光粼粼中的岛屿。

　　"游着游着就突然死了？"他一边说，一边又缓慢地游向了离于童最近的地方——习惯了4泳道和5泳道，他总是喜欢游在偏中间的位置，"说真的，如果人可以选择自己的死法，那我就选你刚刚所猜的——游着游着死在泳池里，挺好。"

　　"你这个人真的……真的……"于童瞪着他，"你上次还说你不能再游泳。"

　　"没错啊。"周淮南掏了掏耳朵，四个月没有下水了，耳朵似乎都已经习惯了干燥的环境，"我刚刚那个速度，算什么游泳？"

"什么意思？"于童有点不解，"你刚刚……明明游得就跟电视里差不多。"

"差多了。"周淮南明明在笑，嗓子里却呈现出一种莫名的喑哑，"游泳这两个字在我心中就等于第一名，拿冠军，还有破纪录——除开这些，其他的都只能算在水里泡着热热身。"

"也太功利了吧。"于童看着他，"难道这样不会觉得很累吗？"

"这不叫累，在我们队——不对，应该是在整个运动员行业来说，这叫作有梦想。"周淮南突然伸出手臂，紧紧地抓住了泳池里的扶梯，别误会，他并不需要那几根长短不一的管子带给他支撑，他只是在这一刻，非常想抓住一些什么东西——但可惜这种时候，水往往是最没用的，"不过我估计我也没办法再那么功利地累了，往后的日子就窝在这个体育馆里教一些压根没把游泳放在心上的小屁孩怎么呼吸和摆动手脚——这么一想，好像更累？"

"为什么？是你的身体出了什么问题吗？"

在于童的世界观中，如果一个运动员突然不能再运动，那么就一定是他的身体出现了问题——好吧，在周淮南刚刚走上岸的那一秒，她终于信了他是专业的运动员。

池子里的水把他的衣服和裤子变得黏糊糊，但同时，也给他的身体镀上了一层无形的光，年轻的肌肉匀称地覆着在强韧的骨骼上，他走过来，每一步都是饱满而有力——好吧，这种身材，肯定就是运动员了，但是谢天谢地，他一点也不像那种印在宣传海报上看起来格外吓人的健身教练。

于童盯着看了几秒之后觉得有些不好意思，于是尴尬地别过了头。在周淮南之前，她真的以为运动员这种生物，是只活在体育频道里的。

"脊椎有点毛病。"他的口气很淡，就像在说今天的天气，"长年累月的超强度训练，旧伤了，医生一直劝我别游太猛，可我不信这个邪，终于有一天整块背像是被撕裂了一样，痛得沉到了池底，然后我的主教练就把我赶回老家了，说调整好了再归队，可是——"他自嘲地笑了笑，"我这个伤，谁都知道是不可逆的，再怎么调整也就这样了。为了当个正常人，就必须放弃以前的速度——既然都放弃了以前的速度，那归队还有什么意义？"

……

"我……我……"

"别你你你了。"周淮南笑着摸了一把于童的头，安慰话他最近听得太多了，不差眼前这一份——更何况她看起来也憋不出几句像样的安慰，"其实这次回来，也发生了一些好事。我小时候很喜欢美人鱼，我爷爷就跟我说，你去水里游，一直游一直游，总会遇到美人鱼——再傻都知道美人鱼不会出现在儿童游泳池吧？所以我总是溜进市公园的荷花池。然后就被当时的教练发现了，说我很有自由泳天赋，接着他把我带到了省里的青训队。"

"那这么说，你游泳的初衷是为了泡美人鱼？"于童撇了撇嘴，"那你还不如功利一点呢，冠军什么的至少还是现实里的东西，美人鱼——三岁小孩儿都知道她变成了泡沫。"

周淮南挑眉一笑："我不是说了嘛，这次回来，发生了一些好的事情。"

"那也不存在发生到美人鱼身上吧……"于童语气怀疑地嘟囔着，但最终还是敌不过周淮南满脸的笃定和悠闲，所以她加问了一句，"难道真的有美人鱼？在哪里？"

"就在——"周淮南突然顿了一下，"小姐，如果我耳朵没有坏，那么你的手机响了。"

"你老公？"等于童将手机重新塞进包里后，周淮南才开口。

"嗯。"于童现在已经越来越能够接受何昭森与老公这个称谓相连接了，"他忙完了，现在过来带我吃午饭，还有他妈妈的飞机晚点了两个半钟头——算了，我和你说这么清楚干什么？"她有气无力地朝周淮南挥挥手，一转身，又听到了水花四溅的声音。

"对了……"这阵响声倒是实打实地提醒了她，于是她又折返回来，用两只半弯曲的手拱在嘴边当成小喇叭使，"你叫什么名字？"

"周淮南。"一眨眼的工夫，他就已经游到了另一边，"淮南，就是安徽的一个地名。"

"真奇怪。"于童皱了皱眉，"你们怎么都喜欢用地名当名字？难道比较有归属感？"

"怎么，还有谁？"他抹了一把脸上的水。

"还有……你管还有谁呢。"于童当然不说，"我叫于——"

"于童，童年的童。"周淮南笑了一下，这时于童才发现他的眼皮是很浅的内双，"那天送你到酒店之后，我一直跟在你后面——喂，你别这么看着我，我不是什么变态跟踪狂，我就是——好吧，我也不知道为什么我要跟着你走，但我也就跟到了一楼大厅而已，然后看到了你的结婚照。说实话，你老公长得还不错，至于你——不化妆比较漂亮。"

出乎意料的是，何昭森最后选的用餐地点居然是一家川菜馆。

"何昭森！"在何昭森即将推开包厢门的时候，于童耍赖似的扯了他一把，她现在使不上多大的力，所以也就只能扯这么远，不过这么远也足够让何昭森的手和那扇门保持一个较为安全的距离了，接着，她才有些怯弱地开了口，"我……我这个裙子是不是很奇怪啊？"

"哪里奇怪？"出门前，于童拉着他试了两个小时的裙子——虽然她的裙子也就只有那么几条。

"你是不是太紧张了？"何昭森一边说，一边用双手板正了她的肩膀，"你听我说，我们已经领证结婚了，所以你不再需要胆战心惊地过我妈那关了，这就是一顿家常饭。"

"坏儿子。"于童不满地打断何昭森，"我要是佟阿姨，绝对在你三个月的时候就把你冲进马桶里，辛辛苦苦生出来结果娶了媳妇翻脸不认人……"

"向着你难道不好？"何昭森笑了一下，"进去了之后记得叫妈。"

"怎么办啊，何昭森……"于童在瞬间又变得可怜兮兮的，"不是说去吃西餐吗，因为去西餐厅我才穿裙子的，我最不喜欢穿裙子了，一穿裙子就浑身僵硬——结果换成了川菜馆，你想想，满屋子的朝天椒和芝麻油，我穿一条浅色裙子，佟阿姨一定会觉得我特别做作的。"

"你脑子里装的到底都是些什么？"何昭森的笑意又扩大了几分，

"这家店是我妈一个老同学开的，她为了捧场才临时跟我说换地方，所以你放心，她今晚心情绝对不会差——但如果你还是觉得我妈态度太冷让你有些尴尬，你就多和 Morgan 说话。"

"Morgan？"于童一脸疑惑，"可是你弟弟不是叫 Lambert 吗？"

"我在车上已经纠正过你三遍了。"何昭森看了眼手腕上的表，他们最多还能在门口待上一分钟，"Lambert 是哥哥，这次来的是Morgan，我妈的第二个儿子，今年五岁。"

"不对。"于童说，"Lambert 才是第二个。"

何昭森愣了一下，接着才用手替于童将那些散落到脸颊上的头发捋到耳后去。

"进去吧。"他像是鼓励似的轻轻捏了一下她又软又肉的耳垂，"我敢保证，我妈会喜欢你。"

那就进去吧。于童这么跟自己说。

门后不是刀山火海，也没有烧得滚烫的油锅，更不会藏着一堆嗜血的怪兽，那就进去吧，哪怕知道何昭森的妈妈有百分之九十的可能性不喜欢自己，那也还是进去吧——从领证的那一刻起，你就该知道的，这都是必经的过程，不是吗？你都已经逃过一次了，难道还要再逃第二次吗？对，听何昭森的话，进去吧，这次你不能再搞砸了。

于童走在何昭森的左边，比他稍微靠后那么一点点，这样，她的手就能暂时放心地攥成一个小拳头了，她甚至还能感受到掌纹里那些咸津津的汗液随着开门声变得越发冰凉。

来吧，放轻松一点儿，不是有句话叫作丑媳妇也要见公婆吗——何昭森说过的，她不丑。

"哥哥！"

比佟蔓君更先注意到响动的是不到五岁的 Morgan，他穿着一件蓝白条纹的海军衫，奶黄色的头发软趴趴地堆在脑瓜上，眼珠子既不是纯粹的蓝，也不是单调的黑，于童也形容不出那是个什么颜色。总之，在他飞奔过来抱住何昭森的腿时，她就发自内心地觉得 Morgan 实在是太像从动画片里走出来的小人物了。

何昭森弯下腰，单手将 Morgan 抱了起来，就在于童暗暗感叹原来何昭森抱小孩儿的姿势这么娴熟时，Morgan 咬着手指将头一偏，发现了站在何昭森背后的于童。

"哥哥。"他看着于童，大方地将咬过的手指朝着她伸过去。

"小家伙，你该不会只知道喊哥哥吧？"于童的声音压得特别小，但是她毫不犹豫地抓住了那根又小又白还带着口水的手指，"我是姐姐，你看我头发比你哥哥长……"

"是嫂子。"何昭森用下巴蹭了蹭 Morgan 的额头，"记住没？"

"他现在只会说一点点简单的中文，什么爸爸、妈妈、哥哥、吃饭、睡觉之类的。"佟蔓君慢慢地将手中的茶杯搁在了实木桌上，"倒是 Lambert 的中文已经很好了，人小鬼大，还教 Morgan 说我喜欢你、我爱你，不过'你今天有空吗'这句话太难了——Morgan 没学会。"

"妈。"何昭森将 Morgan 放下，喊了佟蔓君一声。他知道，她刚刚说那么多，其实并不是真的想要告诉他两个异国弟弟的中文水平，她只是想尽量用一些家常话来拼出一个不至于太糟糕的开场白，这样，他们今天的这顿饭，才不会显得那么尴尬和生疏。

"你好像又瘦了点。"佟蔓君的眼神很温柔。

"没有。"何昭森一边回答，一边伸手将身后的于童给揽了过来。

他清俊的脸上照旧没什么表情，哪怕此时放置在于童肩膀上的手指正暗暗地用着力气。他轻轻地捏了她一把，连带着那层雪纺也皱进了他的掌心，乍一看，有些像水波纹。

于是，于童知道了，在这个瞬间，她该跟着何昭森开口叫一声妈了，这是他给她的暗示，也是眼下这片短促的寂静里，最好的时机。

但佟蔓君的反应更快。

于童几乎是完全被动地接收到了佟蔓君的眼神，以及她眼里的陌生、考究和疏离——她当然知道，亲生儿子和没有任何血缘关系的儿媳，是不可能得到相同重量的爱意和温柔的，但那层微乎其微的抵触到底还是让她犹豫了。可是她发誓，她真的只犹豫了那么零点一秒。就在她张着嘴准备将那个音节发出时，小小的包厢里，却率先响起了佟蔓君的声音。

"没关系。"佟蔓君反而笑了一下，"要是实在喊不出口，可以先叫我阿姨。我理解。你们先坐下吧，一直站着算怎么回事。"接着，佟蔓君按了一下服务铃，将菜单推到了于童的手边，"刚刚和朋友聊天时就顺手把菜给点了，森森的喜好我知道，你的话，我还不清楚，你看看，想加什么就加。"

"Morgan 吃得惯这么辣的菜吗？"

何昭森粗粗地看了几眼菜单上所勾画的选项，将于童冰凉的手在桌子底下握得更紧了。

"吃得惯的，我每周会下厨给他们做中式饭菜。"不知道是因为面对的人是何昭森，还是国外的生活实在让她感到满足和惬意，总之，佟蔓君的声音比刚刚放柔了好几倍，"特别是 Morgan，和你一样，最讨厌苦瓜和茄子。"

"我出去打个电话。"接着，他又加了一句，"是当事人的隐私，不方便在这里说。"

"说吧。我是不是点了你不喜欢吃的菜？"佟蔓君依旧在笑，优雅从容的样子让她看起来最多三十来岁，"就算这么多年没有一起生活，他的某些想法，我还是一眼就能看出来，包括一些小习惯，也没有变过。"

于童的十根手指无意识地绞缠着，一时间不知道该怎么答话——她总不能说因为她不爱吃香菜，但是菜单上第一个选中的就是香菜炒牛肉吧——就算再没心没肺，她也知道有些话是不能这么直白地说出口的。诚实是好品质，但很多时候的确会惹来一堆麻烦。

"还习惯婚后生活吗？"

于童略带拘谨的沉默让佟蔓君在无声中得到了第一个问题的答案，她其实也就是顺口问问而已，并没有要上纲上线借题发挥的意思。但凡她的性格里存着一丝丝的胡搅蛮缠或是小题大做，那么当初，她也就不会那么干脆冷静地提出要离婚。

"我还记得我当初嫁给森森他爸爸的时候，一连哭了好多场——女人可真是奇怪，明明马上就能嫁给自己最爱的男人了，明明马上就能过上自己在暗地里幻想过无数遍的日子，却还是在成真的时候，恐慌得不得了。我妈问我，你到底在哭什么呢，是开心还是不开心呢。我那时候年纪小，回答不上这种问题，除了哭，真的不知道还能干些什么。"

就在这时，一直自顾自玩着海军衫领结的 Morgan 突然打了一个响亮的喷嚏。

"宝贝，是不是有些凉了？"佟蔓君一边将 Morgan 抱进怀中，一边又用英文低声问了他一些什么东西。最后，Morgan 摇了摇头，揉着眼睛打了一个大哈欠。

"你呢？"佟蔓君抬起头，将眼神重新锁定在于童的脸上，"还适应吗？"

"还……还适应。"

于童下意识地握紧了放在她面前的茶杯——是何昭森刚刚出去的时候给她倒的，馨香且崭新，茶叶还打着卷儿漂浮在最上面。她紧紧地握住它，任由那一小块隔着瓷杯的滚烫在她的掌心里渐渐困倦——她知道，才这么一小会儿，茶不可能凉得那么快，是她，是她自己让那阵灼人的温度变成了身体里不可或缺的一部分。

"因为从小就和何昭森住在一起，"不断涌进皮肤间隙的热度似乎是在鼓励着于童将她要说的话说完，"所以现在就觉得还好，没有太……"接着她一愣，就在她反应过来这么说是不是戳到了佟蔓君往日的伤口，又或者是无形地给自己在婚礼上的糟糕表现描黑了一笔时，她发现，佟蔓君正以一种凝视的力度端详着她的脸。

"说实话，其实你长得还是有些像徐婉的。"她缓慢地微笑着。

"您……"于童又愣了一下，不过她的语气倒是肯定得毋庸置疑，"我妈妈比我漂亮。"

"不是森森告诉我的。"佟蔓君将眼神挪开，落在了一个不知名的地方，"是何瀚，就在我落地打开手机的那一瞬——男人和女人的思维到底不一样，难道他还怕我因为以前的事情牵连到你身上吗？这都过去这么久了，我现在也仅仅只是森森的母亲而已。"她微妙地停顿了一两秒后才继续开口，"正因为是母亲，所以凡事才将儿子的感受放在第一位，除开这个，我对你的看法，以及想法，统统来源于你这个人本身，跟别的，都没有什么关系。你听懂我的意思了吗，于童？"

　　她再次看向了于童，于童也没有躲闪。

　　于童知道，佟蔓君此时的眼神，是有力度的。

　　八月中旬的夜晚已经不那么热了，于童不厌其烦地调整了好几回，才将车窗卡在一个她认为最好的水平线上——这样，既不会让外面的喧闹吵到正在后排睡觉的小家伙，又能让街道两边带着桂花甜味的风涌进来一些。

　　"何昭森，"她的声音听来有气无力的，"你觉得我适合干些什么？你可千万别说家庭主妇——那样子上上个月死在我手里的两口锅会永不瞑目的。"

　　"幼师？"何昭森看了一眼后视镜里的 Morgan，将车速放得更慢了，"Morgan 很喜欢你，不然我妈就算要参加同学聚会也不会这么放心地把他交给我们一整晚。"

　　"佟阿姨应该只是想让 Morgan 和你多待一会儿吧，至于幼师——"于童嘟嚷着皱起了眉，"算了吧，我哪来那么多耐心啊，要是遇上那些很熊的孩子我一定会很没风度地跟他吵起来的，说不定和他吵完还要和他家长吵——又不是每个小孩都能像 Morgan 这样好看又听话。"

"于童，"何昭森捏了一把方向盘，昏黄的路灯像水一样灌满了整个车厢，"是不是在我出去的时候我妈和你说什么了？"

"没有。"于童漫无目的地望着前方的路，好像快到小区了，"佟阿姨比我想象中和蔼很多，也没有问什么很难的问题，但是我也说不出那种感觉，好像她不是不喜欢我，也不是喜欢我，就是……何昭森，就我……就……"

"想说什么就说，就算 Morgan 现在醒了，他也听不懂。"何昭森别过头，趁着直杆道闸缓缓升起的缝隙，轻轻地用手掐了一下于童的左边脸颊，"很好，该破百了。"

"喂，我跟你说正经的，"于童胡乱地打掉何昭森的手，面上的表情在一瞬间变得有些羞涩，"就是，你觉得我好不好？就是——我这个人本身，你能讲出几个优点吗？"

"好像，不能。"何昭森皱着眉，似乎没有在开玩笑，"你突然这么问，我不知道——"

"去死吧你，何昭森。"于童实打实地翻了一个白眼，"就算我一无是处你怎么也不知道装一下呢？嘴皮子这么笨怎么跟人打官司啊？既然我一个优点你都讲不出那你干吗要……"

"娶你？"何昭森笑着打断了于童的话，地下车库给了他一种身在隧道的错觉，"有什么必要的关联吗？我娶你，本来就不是因为你有什么优点。"

"那是为什么？"她故意死死地盯着右前方那个浑身通红的消防箱。

"不知道，但我就觉得，应该是你。"何昭森不急不缓地将车钥匙抽了出来，"另外，我刚刚的话还没有说完——虽然我好像的确说不出你哪里好，但我也说不出你哪里不好，总之，别人都不如你好。"

"神经病。"于童的声音低了下去，"大晚上的，念什么绕口令。"

沉寂就这样来临，然后他们都听到后排座位上的 Morgan，打了一个响亮的饱嗝。

第八章
DIBAZHANG

在离这儿很远的地方

樱桃没有想到，在她打开门之后，看见的是三个人。

"吃饭了吗？"问话的是何昭森，此时他的手里还拿着正预备插入锁孔的钥匙——他也不知道樱桃是怎么赶在这之前将门打开的，但显然，他不怎么习惯刚才发生的事。

"吃了，药也吃了。"樱桃懂事地在鞋柜附近让出了一条道，"这个小男孩……"

"姐姐。"Morgan 站在于童和何昭森的中间，两只手像是章鱼触须一般牢牢地抱住何昭森的右腿，接着，他像是害羞似的将满头小黄毛轻轻地往前凑了几分。"是，姐姐——"他看着樱桃，又重复了一声，刚刚睡醒的嗓子又软又甜，发音却意外的标准。

"好呀，你个小家伙！"

于童惊呼一声，甚至忍不住蹲下身去揉 Morgan 粉嘟嘟的脸颊："才这么小就学会以貌取人了是不是？看到我就叫哥哥，看到好看的小姐姐就叫姐姐——小家伙，你知不知道，你这个行为在我们中国叫作‘以貌取人’？”

Morgan 虽然听不懂，但也配合着咯咯笑。

“还笑，你还笑——”于童也乐了起来，手指头伸到 Morgan 的酒窝里轻轻地搅了搅，“我知道了哦，你喜欢这个类型的女孩子，可是她比你大了十岁哎，你追得到吗？而且你们语言还不通——她叫樱桃，我猜没有大半个月你是学不会怎么写这两个字的。”说着说着，她就叹了一口气，“我可怜的小家伙。”

“Cherry！”何昭森对上了 Morgan 求救一般的眼神，接着他又转过头去看樱桃，“这是我同母异父的弟弟，Morgan，很乖，不会吵到你学习和休息。”

“听到没有，你哥哥在给你说好话呢。”于童笑眯眯地玩着 Morgan 胸前的海军结，连何昭森刚刚送到一边的拖鞋也懒得管，“不过——”她被他的话点醒了一些思绪，于是她立马仰起头去找樱桃的眼睛，“樱桃，你今天在学校还好不好？那个白什么火的同桌没有打扰你吧？”

“是白熠。”樱桃纠正，其实她也是到了今天才知道“熠”这个字要怎么写的，她觉得有些复杂，同时还有些生僻，不过她又很快地由衷一笑，“他今天没有来，我一个人坐的。”

“原来重点班学生也逃课的？果然是一代更比一代强，江山辈有才人出——”于童终于把鞋换好了，“那老师呢？还有今天上的课呢？你应该觉得都还好吧？”

于童明显地感觉到在问这后半段话的时候，何昭森的眼神落在了她的身上——好嘛，她知道作为一个坏学生来过问这些的确有些心虚，但这是在关心人好不好，这是成熟的表现好不好，她好不容易才想当一个真真正正的大人的。她的手一松，Morgan 就一溜烟似的跑进了客厅，接着他抱起了沙发上的兔子娃娃，玻璃弹珠般的眼睛里全是喜悦。"喜欢！"他喊道。

"是吧？我也很喜欢！"——好吧，当大人这件事，好像比想象中要困难一点。

"好，都很好。"樱桃又拿出了她的招牌动作——重重地点头。

"我们今天没有上课，一整天都在摸底考试。我数学考了全班第二，然后老师就把我安排进了奥数小组，放学的时候给了我两张奥数卷子。"

"真了不起。"于童走过去，郑重其事地拍了拍樱桃瘦削的肩膀，"奥数小组这种地方对于我来说，简直跟喜马拉雅山没什么区别。"

"卷子有些难。"樱桃的头稍稍低下去了一点，仿佛承认卷子的难度是一件让她感到羞耻的事情，"判断题我要验算好几遍才行，简答题的辅助线也总是画错地方，所以，更别说之后的拓展题了，全部都是空着的，我翻遍了整本公式书都没有。"

"没关系，你可以找这台何姓数学机器——"于童语调轻快，"他数学一直特别好的，像你这么大的时候就出市参赛了，拿的是一等奖？特等奖？忘了。反正本来大学里念的也是数学，但是鬼知道他后来怎么就擅自转了专业，我跟你说，他爸爸当时可生气了……"

"好了，于童。"

何昭森的表情讪讪的，接着他抬起手往于童的后脖颈处不轻不重地掐了一把——他也发现了，最近他总是跟这块地方过不去。但没有办法，她烫完头发之后实在是太像一只猫了，他一靠近，就下意识地思考着要怎么碰她才不会让她感觉到疼痛。

"得等一下。"他看向了樱桃，这时他才发现今天的樱桃扎了一个马尾，她发量不少，但发质却是出奇的细软，所以就算一根不落地绑在一起，最终悬挂在脑后的也只是小小一束，就和她的人一样单薄，"Morgan十点之前必须上床睡觉，我先带他……"

"这样吧，何昭森，"于童突然满脸认真地提议，"反正Morgan也只是需要泡澡的时候有人给他讲故事，那我也可以啊，毕竟我废话那么多，而且医生不是也建议樱桃要有足够的休息吗？万一那些拓展题真的有那么难——所以，我觉得我们两个可以分工合作一下。"

等拿到了樱桃的数学卷子时，何昭森才发现，原来于童说的樱桃成绩很好，是真的很好。

"前面的你都做对了。"他粗粗地扫了两眼，数字和公式连着那堆图形线条，哗啦啦地在脑子里翻滚出窸窸窣窣的声音。凭着这两眼，何昭森就可以笃定，以樱桃的水平，直接拿到一本高二的数学书，都不会有什么大问题，"拓展题全部都不会？"他将台灯拧得更亮了些。

"嗯。"樱桃将头埋得更低了，似乎下一秒她的额头就要撞上桌子的边缘，"一开始我都是直接做的，后来实在不会才开始翻书，结果还是不会……"她的声音越来越小，可是握笔的那两个指尖却已经开始泛白——何昭森想，大概是樱桃把力气都转移到了这里。

"没关系，不会做很正常。"

何昭森将试卷折了两面才折到拓展题部分，他还记得，这种排版是在他开始念高中后才接触到的，老师们在开考前总是不厌其烦地叮嘱着要好好折要注意折，不要折来折去把没做的那页给折进去了——一晃，已经过去了好多年。

"你已经比很多同龄人都厉害了。"

"可是……"樱桃像是在竭力地隐忍着什么。

"什么？"何昭森一边问，一边拿起离他最近的笔在稿纸上画了两下，但没有出墨。

"还不够。就算比很多同龄人——不，就算比所有同龄人都厉害，也还不够。"

樱桃抬起头，深深地凝视着何昭森下眼睑上的一小块阴影——那是台灯底下，他睫毛的影子。不管怎么样，她都得承认，哪怕她无比珍惜当下，但她的心里却突然滋生出一股莫名的惶恐。这种惶恐，让她在喜悦感恩之余，失去了如往日一般直视何昭森眼睛的勇气。

"因为他们都能活得比我久，我们不可能永远都是同龄人的。"她松开手，将自己的笔往何昭森手边推了三厘米左右的距离，"何先生应该也知道吧，我是活不到2字开头的。"

……

这就是何昭森无法和樱桃变得亲近的原因之一。

她既不像她这个年纪里的孩子，也不是那种单纯的早熟——她模模糊糊地介于这两者之间，很容易就让旁人不知道该拿她怎么办。

"何先生。"她又喊了他一声，半晌，她才接着说，"其实我一点都不怕死的。"

"人在十四五岁的时候都不怕死。"何昭森的眼神落在空白的卷面上，思维却顺着樱桃的言语而运作，看来宋颂说得没错，和于童结婚之后，他的确变得有人情味一些了——要是换作以前，他一定觉得和一个未成年谈论生死是一件浪费时间的事情，"你以后就会发现。"

"那我不一样。"樱桃微微仰起脸，"我可以保证，一直到我死的那一刻我都不怕。"

"这是好事。"有什么东西掉了，声音很轻，大概是笔盖，不过没有人弯腰去捡，"但是无论如何，你都得存着一点敬畏之心——我不是指对死这件事，其实，对什么都行。"

"敬畏之心？你的意思是——我一定要对某些东西感到害怕才行吗？"樱桃小心翼翼地问完之后，又不好意思地笑了一下，"何先生你别觉得我笨，我是真的语文不太好。"

"不，不是这个意思。"原来不是笔盖，而是一个简单的黑白格发夹。何昭森把它从地面捡起放到樱桃手边，正好与刚刚那支她推过来的笔微妙地平行着，"许多人敬畏的是大自然，那你觉得他们是真的对天气、树木、山脉以及河流感到害怕吗？"

"我知道了。"就像是接触不良的灯泡被注入了一股顺畅的电流，樱桃的双眼突然奇异地闪烁了一下，"就像马妈妈害怕她做的事情会让上帝不高兴一样——可是她又不是那种真的害怕，她总说上帝是最慈悲大度的存在。"

"对。"何昭森点头。

"那我知道了，我敬畏的东西，就是活着。"

这一刻，她终于赶跑了在她身体里肆行的惶恐："我就是因为害怕不能在有限的时间里好好活着，所以我才觉得就算比许多同龄人厉害也都还不够——他们会长大，他们总有一天会做出他们曾经做不出的数学题。就好像所有人被安排着去看电影，大家都可以从片头曲看到片尾曲，我却只有半个小时的观影时间，所以我必须不停地快进。"接着，她嗓子一哽，"可是就算这样，我也还是很害怕，我怕连这半个小时都是我自己虚幻出来的——所以我吃药的时候总是不喝水，喉咙越痛我就越安心——现在是学生，只能把这股劲磕在题目和成绩上，但我想体验更多的东西，那些在之后的人生阶段里才会出现的东西，不然就来不及……"

"樱桃，没有你想的那么糟。"何昭森知道，他现在应该做点什么才行，比如拍拍她的肩膀以示宽慰，但最终，他还是没有这么做，"你也还小，不要把——"

"我不小。我去年就已经满十四岁了。"

樱桃看着何昭森，执拗地打断了他的话："我知道的，在你们法律上，十四岁以上的女孩子就不再是小孩了，所以我和于童姐姐是一样的，我一点也不小。"

"我知道马院长很少跟你说这些事情，那么我现在，把我知道的都告诉你。"何昭森也看向了樱桃，"首先，移植手术有难度，不说未成年接受手术的风险比成年人高出多少，光是要找到一颗相匹配的心脏就已经是一件非常不容易的事情。其次，是你现在正在接受的保守治疗，我问过医生，像你这样的状态如果光靠药物能持续多久，他回答我的是，看运气。运气好的话就能像个正常人一样活很久很久，运气不好的话也许会因为某个瞬间的急剧恶化而无法挽救——更好的药，交给医务人员去研究，药费和学费，归我来承担，我和于童会以社会爱心人士的名义资助你念完大学，直到你可以真正独立为止。至于运气，那是上帝的事——我的意思是，你不用操心我刚刚说的任何一件事情。一是没必要，二是没用。"

这时，何昭森清楚地听见从浴室的方向传来了于童和 Morgan 闹作一团的欢笑声。

"最后，不管你今年多少岁，你都是一个学生，你现在最需要做的事，就是按照简答题第三题的思路把拓展题第一问需要的辅助线画出来。"

于童把镜子上的水汽擦干净之后，才发现何昭森站在了浴室的门口。

"你弄完了？"她微微低头，将洗脸池上的水渍也擦干了——顺手的事。

"快了，还剩最后两小问。"何昭森依旧靠着门框，"Morgan 呢？"

"扔我床上啦！"于童这会儿才转过身，"我跟你说，他可喜欢我们沐浴露的香味了，等他回澳洲的时候我要送他一个超大瓶当作离别礼物，但是，720 毫升能上飞机吗？"

"不送。"何昭森走过去，轻轻松松地就把于童举起来放在了洗手台上，"他居然闹着跟你睡。"

"喂，何昭森——你这是在吃我的醋还是 Morgan 的醋啊？"于童一边咯咯地笑，一边胡乱地拍着何昭森放置在她腰间的手，"你别碰我腰，你放开——痒，我警告你你快放我下来，我最近长胖了这台子搞不好会被我坐垮的……"

"没关系，垮了就再买一个。"何昭森也跟着笑了一下，接着，他把额头轻轻地抵在了于童的肩膀上，"让我靠一会儿，就一会儿。"

"怎么？"于童瞬间停止了反抗，"你累了呀？"

大概隔了半分钟之久，于童才听到何昭森发出了一个类似"嗯"的音节。

"天哪，太神奇了！"她瞪大了眼睛，手也不自觉地抚上了何昭森的后背，"认识你这么多年，这好像还是第一次听见你说累吧？我还以为你都没有这根神经的呢。"

"以前是觉得我比你大，又是男孩子，所以不跟你说这个，再后来我们开始吵架——既然在吵架，那么不管有多累我也得咬着牙撑住，至于现在——"他轻轻地笑了一下，"还是早点让你知道我也会累这件事比较好，免得你日后又要骂我虚伪。"

"可怜。"于童半真半假地叹了一口气，"没想到大名鼎鼎的何律师竟然被初三的奥数题给打败了——数学果然是这个世界上最恐怖的大魔王。你以前还讲我不专心听你辅导呢，现在知道了吧？你看我多好，不仅不嘲笑你反倒来安慰你——我这就叫作以德报怨。"

"你给 Morgan 讲了什么故事？"何昭森问。

"本来是想给他讲一个澳洲没有的葫芦娃的，可是想了半天不知道葫芦娃该怎么翻译。"于童的声音听起来有些沮丧，"所以最后就讲了小美人鱼——好吧好吧我承认，就算是美人鱼，我也只挤出了一个开头，我压根就没有给 Morgan 讲正经的故事，我们俩光玩之前买按摩浴缸送的那几只小黄鸭去了——鸭子我总不会翻译错嘛，Duck——嘎嘎嘎——喂！"于童捂着前一秒被何昭森蜻蜓点水般触碰过的双唇，实打实地往后瑟缩了一下，"干吗偷亲我？"

"没有办法。"何昭森笑着看她，"三百只鸭子太吵了，我现在很累，不能被吵。"

"小人！"于童不满地出声控诉，"你亲就亲了，还要拿出这么道貌岸然的理由——好像是我故意找亲一样，我哪有这么不要脸？我看你真的……"

"嗯？"何昭森隔着睡衣，轻轻地捏了一把于童的腰，"继续吵？"

"不、不——我不吵了。"于童没出息地败下阵来，"浴室没有关门的，你不要再乱来了，家里还有两个小孩子，万一樱桃跟着学坏了然后去早恋，或者 Morgan 看见之后……"

"于童。"何昭森皱着眉，"我决定了，我们得晚些要孩子。"

"你会不会太自信了一点？"于童毫不客气地回敬，"生孩子很痛的，你问过我愿意为你受这份痛了吗？辛辛苦苦生下来居然还要跟你姓——天底下竟有这么亏的事，我不干。"

"没人打扰也好。反正，我养你一个也够了。"

"去死吧你，又占我便宜。我今年都二十三了好不好——"于童捶了一下何昭森的肩膀，因为这个动作，一直挂在她脚背上岌岌可危的拖鞋终于坠到了地面上，"你听好了，虽然我现在是一条没有任何贡献的米虫，但这也不能改变我成熟聪明的内在，记住了吗？"

何昭森的笑意闷在喉咙里，就像一个打了一半的嗝，他把它压下去，然后单手扣住了她的两只手腕——那两块纤细的骨头在他掌心里不安分地摩擦着，根本就没有挣脱的可能性。

"那么请问这位年满二十三周岁的成熟女性，"他用另一只手托起了于童的下颚，那几根略带冰凉的手指就像埋藏在地底下的树根，隐秘而坚定地吸收着她的柔情和力量，它们生在她细密的发丝间，它们长在她通红的耳根处，它们蔓延在她身体每一个会呼吸的关卡上——它们迫使着她向他不断地靠近，"有没有人教过你，接吻要闭上眼睛会变得更聪明？"

......

——完了。她又要掉进那片由她自己融化成的水里了。

就在何昭森温热的鼻息连同他有力的心跳将她环绕起来的那一刻，她就知道，她要完了。他的眼睛变成了缥缈无边的黑夜，他的唇舌变成了世间纷杂的万象，他缓慢地裂开了一条缝，将她赤裸裸地吞了进去——她在变软，她在变轻，她在变得像一摊没有骨头的水。

喂，说你呢，洗手台，还往哪儿看呢，我现在变成了一摊水，是绝对坐不垮你的，所以你放心好了，但是万一我从这个人的怀抱里溢出来了你得用你的池子接住我好吗，我不能流走，也不能离这个人太远，离他太远我就不是水了——帮帮忙好吗，我知道你会肯的。

至于那扇门，你就敞着好了，我也懒得再管了。

孩子们看到就看到了，谈恋爱和接吻，本来就是这个世界上最美妙的事情。

......

“Cherry……”

樱桃感觉到有人在轻轻地拉扯着她的衣角，她站在走廊上，试卷无声地落在了她的脚边。

“Cherry……”又是一声呼唤。

樱桃终于迟钝地将目光从那两个胶合在一起的影子上挪开了，是Morgan在喊她——其实她知道是他。

“你……”他抱着兔子娃娃，费力地组织着语言，“喜欢，哥哥？”

……

再然后，秋天就来了。

在一中正式开学后的第二天，樱桃第一次见到了她的同桌，白熠。

“白熠，是白熠。”准确来说，是先听到，这两声甜腻又惊喜的呼唤。樱桃慢慢地将眼睛从化学书里抬起来，一个清瘦挺拔的男孩子出现在了教室门口。

——火字旁，果然是男孩子。不过，他整个人看起来一点也不像火。

“你终于出现了，我差点就以为你真的出国了呢，电话手机都联系不到人。”

说话的女孩子叫作张心蕾。樱桃在第一次摸底考试之后就记住了她。原因很简单，在两三分就能拉开七八个名次的重点班里，她比倒数第二名足足差了64分。那时她坐在樱桃的斜后方，不屑又轻快地传出一阵阵银器碰撞般的笑声——哎呀，数学这东西有什么好学的嘛，我们放学去做美甲好不好，新到了一批彩钻，甲油就浅一点嘛，老刘又不敢真的拿我怎么样。

于是，樱桃不得不承认，同样是数学不好的人，但于童比张心蕾可爱一万倍。

　　"这大半个月你都到哪里去了？"张心蕾似乎和白熠很熟，口气里全是撒娇般的埋怨，"你再不来我都打算转回我以前的班了，这什么破地方嘛，一天上九节课，有病！"

　　"麻烦让一下。"尽管隔得有些远，但樱桃还是清楚地看见了他眼底一闪而逝的不耐烦和厌恶。接着，他干脆地绕过了堵在讲台附近的张心蕾，直直地走向了樱桃身旁的位置——奇怪，很久之后的樱桃也没能想明白，明明走廊上那张座位表已经被撤掉了那么久，而且当时也是下课时间，班上的空位置那么多——那白熠，他是怎么知道的呢？

　　"哎呀，白熠哥哥！"张心蕾习惯成自然，一转身就开始跟着白熠的步子小跑起来，"你别走那么快嘛，今天放学去我家吃饭好不好？我们就不上晚自习了，你头顶上这台风扇是坏的，一到晚上就又热又闷还有蚊子咬，哦还有，你肯定换号码了对不对？你告诉——"

　　白熠抬起头，已经不打算再遮掩他的反感："你能不能让我安静一会儿？"

　　"好嘛好嘛，我……我不找你说话就是了。"张心蕾委屈地瘪了瘪嘴，她算是看出来，白熠今天的心情有些差了——虽然在他心情好的时候，也不会对她有多好。

　　可就在她打算顺着白熠的话回到自己座位上去时，周遭同学的偷笑声却窸窸窣窣地响了起来。动静虽小，落在张心蕾耳里却像一阵阵雷电——你一走，你就不是这个班里最特别的大小姐了，你一走，你就活生生地示范了一遍什么叫作颜面扫地——当然，当然不能走了。

于是，张心蕾面色一沉，将眼神锁定在了正埋头做题的樱桃的身上。

"喂，转校的。"张心蕾毫不客气地踢了一脚樱桃的桌子，很好，自动铅笔芯断在了本子上，短促的撞击也没有波及白熠的桌子——她很满意自己的力度和角度。她就是讨厌樱桃。

真是的，拽什么呢？

张心蕾恨恨地想，成绩好就算了，反正自己也不在乎这件事，可为什么要用自己最喜欢的水果当名字呢？这么别具一格是要给谁看呢？白熠的肩膀和她的肩膀现在只隔着半米的距离，可为什么她还能像平常一样目中无人呢？不过是一个从镇级中学转来的学生，拽什么呢？

"我跟你换个座位，你现在拿起你的书包坐去第八排第四个，就是桌子上有一个粉红色水杯的——那是我小姨从德国给我带回来的，我还没有用过，给你了，就当作换座位的条件。"

"不了。"樱桃从文具盒里拿出了新的笔芯，"我不喜欢第八排，也不喜欢粉红色。"

"你有没有搞错啊！"张心蕾捏着嗓子提高了音量，"我是在问你喜欢不喜欢吗？难道我有哪句话是在征求你的意见吗？"她抬起脚，再一次狠狠地踢在了老地方，于是暗红色的木桌就变成了一块遇上风浪而被迫开始摇晃的甲板，"哐啷"一声，樱桃的文具盒跳海了。

"镇中学的学生听不懂人话的啊？"张心蕾急匆匆地往地上看了一眼，前一秒还好好的文具盒现在已经分解成了几块再也无法紧密合上的铁皮，笔、笔芯、修正带，还有一些乱七八糟的小玩意在瞬间变得无家可归——不管了，就算她已经感受到白熠的不悦，她也不能就此罢手了。全班同学的眼睛都往这儿盯着呢，她才不要输给樱桃，她丢不起这个人。

"白熠有精神洁癖的，他不喜欢和不熟的人坐在一起，你识相一点的话就赶紧——"

"张心蕾。"

白熠从抽屉里拿了一本书扔在桌上，不轻不重，却刚好能让面前的人闭上嘴——也是难得，他现在居然还有心情研究他洁净的桌面，他几乎有两个月没来教室，所以一定有人帮他擦过桌子，而且还是经常性的，那么这个人是——可千万别说是张心蕾，毕竟她是一个只要多走了两步路就会叫苦连天的金贵小姐——让她擦桌子，那还不如直接杀了她。

"还有半分钟就要上课了，你坐回去。"

……

整节班会课上，都充斥着张心蕾低低的啜泣声。

刘老师问了好几遍之后，张心蕾的同桌才不情不愿地替她找了一个胃痛的借口——白熠可以发誓，他真的在张心蕾同桌坐下去的那瞬间听到了来自右边的一小截笑声，不屑的、嘲弄的、冰冷的，它们硬碰硬地混合在一起，变成了一种未知的情绪。于是，他下意识地将头偏了一下，可樱桃正深弯着腰在捡地上的东西。刚刚那声笑，就好像是白熠自己产生的幻觉。

接着，樱桃就重新坐直了，但她浑身上下都弥漫着一种类似被迫中止的感觉。白熠很快就找到了原因——有一个黑白发夹，正静静地躺在他的桌子底下。她似乎不知道怎么捡起它。

"别碰——"因为刘老师仍在讲台上激情澎湃地讲着下周末组织爬山秋游的事，所以樱桃刻意将嗓音压得很低，但就算这样，她的声音也锋利得像一把小刀，"别碰它。"

　　白熠没有说话，只是将自己的脚挪开了。

　　上天作证，他从来都不是一个热心肠的人——好吧，他还是得承认，刚刚他的脑子里的确出现了"要不帮她拿一下"的想法，但这个想法仅仅存活了一秒，在她出声前就已经消散。

　　"谢谢。"一码归一码，擦桌子的事情还是得道个谢。

　　"不客气。"樱桃扭曲的姿势在半空中顿了一下，接着，她紧紧捏了一把手中的发夹，坚硬的合金硌得她手掌发痛，"只是顺手的事。"

　　就是从这一刻开始，白熠觉得樱桃也许是个还不错的人。

　　至少她看起来波澜不惊，不会像张心蕾那样永远没头没脑并且矫揉造作——至于为什么会和张心蕾那么熟，完全是因为家长们的关系，反正他是一点儿都不想接受"青梅竹马"这四个字，说到底，还得怪他爷爷当初——说曹操，曹操到。白熠的脸色在看到来电显示时完全暗了一个度。不说举手，他甚至连半个字都没交代给台上的刘老师，就拿着手机走出了教室。

　　为什么呢，明明他不算一个特别没有礼貌的学生，化学还是他最好的科目。

　　大概是因为他打从心底里觉得，如果一个人正在遭受莫名且强大的不幸，那么他是有底气变得粗鲁无礼一些的，他也是有理由让旁人给他行一些方便的——尽管，这不对。

樱桃摊开了一本生物书，眼睛却一直看着在走廊上打电话的白熠。

这堂班会课大概还剩下二十分钟的时间，刘老师大手一挥，让学生们开始自习，于是整个教室就变得很寂静。甚至连张心蕾都擦擦眼泪选择了暂时休息，可就算这样，她也还是听不见窗外的白熠说了些什么——不，不对，他好像连嘴都没怎么张过，只是偶尔点个头。

初秋的夕阳笼罩着白熠，使他变得金黄。他本来是一动不动地站在那里，却突然伸出手拨弄了一下他有些长的刘海。这个动作打破了樱桃眼里无声的胶着，于是她承认了，这个男孩子，的确是好看的，动或不动，都好看——但凭他怎么好看，都是比不过何先生的。

想到何昭森，樱桃就有些不知所措了。

就好像有一颗又酸又痛的小石子堵在了她的喉头处，她在犹豫到底是吐出来，还是吞进去——但她是做不出这个选择的。因为这个问题已经困扰她很久了，久到她都已经可以背出一篇她最讨厌的文言文。然而，这颗小石子还在变大，每见何昭森一次，它就变大一寸。

樱桃知道，它迟早会撑破她的喉管，会砸穿她的心脏。它迟早会毁了她。所以，现在不要再把力气浪费在观察别人这件事上了——对，就是现在，把眼神从白熠这家伙的脸上挪开。

然后，她就看到了另一样东西。

应该是报纸，白熠的书包没有彻底拉上，它静静地露出了一个小角。

鬼使神差地，樱桃竟然捏住了它。

白楚贤院长主刀时出现重大失误致患者逝世，多年来受贿金额高达八位数，并多次与医药代表联手……

联手干什么？樱桃看不见了，于是又把报纸抽出来一点。

可当这版页面完完全全在眼前展开时，她却一点也不想关心这位白院长和医药代表联手做了些什么了，硕大的黑体字标题不断刺激着她的眼球——康德医院院长白楚贤。

康德医院——这是于童手机里唯一的备忘录。但她发誓，她不是故意要偷看的。

第九章
DIJIUZHANG

就让我走向你

严哲推开何昭森办公室的门时，时针刚好指向了三点。

"吃不吃螃蟹？"他笑眯眯地问。

"我还以为你从口袋里掏出了一只螃蟹。"何昭森顺利接住横空飞来的烟盒，接着，把它重新放回了桌面上，"我现在抽得少。"

"不是吧。"严哲揶揄，"才结婚多久啊，就被老婆调教得这么好？"

"在戒。"何昭森的意思是，他在帮着于童戒，"而且家里还住着一个未成年病人。"

"未成年病人？"严哲坐在沙发上想了好一会儿才反应过来，"记起来了，前段日子所里聚餐的时候你还在问心脏科最好的医生是哪位，不过你和于童还这么年轻，不多试几次怎么知道怀不上……"接着他咳了一声，"这，我的意思是，这么早就领养孩子，会不会太匆促？"

"严律师。"何昭森一般只有在比较无语的情况下才会这么喊严哲，"你之前找我借的《律师办理刑事案件规范》就在你面前的茶几上，靠右边第四本，新出试行的几条也附在尾页。"

"什么意思啊，小何，要我拿了书就滚，然后再给你把门带上啊？"

严哲这会儿直接坐到了何昭森的对面，涂溪走后，这个位置就一直空着。

"就算你打官司比我厉害，那也得听听比你大了九岁的老人言吧？而且不管你们再怎么心急，也不至于领个带着病——别，我不是说你家孩子不好，我只是就事论事，你这么聪明的人，能懂吧？"

"那孩子去年就已经十四周岁了，我们没有正式领养。"何昭森看着他。

"既然没有正式领养，那怎么还带到家里去了？孤儿院那边倒还好说，可问题是你就一点不嫌这事儿麻烦？就算真心想帮那孩子，刷个卡签个字也就两分钟。"接着，严哲顿了顿，"可能我这话没什么爱心，但是陌生人和陌生人之间真的犯不着搞那么熟的，给点钱，就差不多得了。你良心过去了，她日子过好了——我一直以为，在这点上，咱们是一类人。"

"的确麻烦，但是于童喜欢那孩子。"提及于童，何昭森突然想到在严哲进来之前于童给他发了一条信息，大意就是樱桃要去秋游了，所以得给她买点爬山时用得到的东西，"孤儿院在百水镇，镇里的医疗水平和教育水平怎么样你也清楚，那孩子今年初三……"

"行了行了，知道了。"严哲摆摆手，"你们两口子就是操心人家小孩的身体和学业，一百个不放心就只能接到自己眼皮子底下照顾着，是不是这么回事？知道了，好人一生平安。"

何昭森只是笑了笑，没有接话。

因为不是这么回事——至少他的初衷，不是这么回事。

那就说得再直白一些，他在最开始的时候，并没有操心过有关于樱桃的任何事情，他将她从半苏山接出来，只不过是为了筹备一个婚礼惊喜，让他真真正正放在心上的，只不过是于童的悲喜——所以只要能让于童开心，那么这个孩子，是谁都可以，不一定就非得是樱桃。

在这个想法从脑子里匆匆掠过时，何昭森想起了樱桃的双眼，以及她那句何先生。

那么樱桃，我问你，在你那里，我还算是一个好人吗？是或不是都没关系，因为这对我来说并不重要，所以你还是照实说比较好——虽然我知道，你一定又会重重地点头。

"哲哥，"何昭森慢慢地旋开了钢笔盖，"你来找我是有什么事吗？"

"对，这一打岔我就忘了我是来跟你商量正经事的。"

严哲一边坐直了身体，一边将手里的火机给扔了出去——他本来是要点根烟的，但一想，还是算了。

"到底是快四十岁的人，不得不服老，脑子越来越不好使——以前考司考的时候，砖头厚的一本书你指哪儿我背哪儿，现在呢，你问我昨晚上吃了什么我都有点没印象。"

"那看样子昨晚的相亲还算成功。"接着，何昭森又补了一句，"陈姐告诉我的。"

"陈姐这个人真是——算了，反正八字没一撇的事，人姑娘还没结过婚，我这都离了两次，总感觉如果人家跟我，糟蹋了。"严哲笑了笑，还是把烟盒子捞回了手心，"算了算了，说点正事。就我们俩一起负责的那个知识产权案不是下周一要在隔壁市开庭了吗，当事人姐姐今天回国了，给我打电话说反正我们得过去开庭，不如周末就动身，现在正是吃螃蟹的好时候——这提议不赖吧？而且说不定到时候还能问出点什么关键性证据，你不是知道的吗，签专利转让合同和保密合同的时候人姐姐也在现场——"

"可我觉得之前交给法院的那套证据已经够全面了。"何昭森将足足占了四页纸的证据目录从卷宗袋里单独拿了出来，"而且就算之前当事人的姐姐在国外，我们为了取证和了解事实，也和她进行了三次视频通话，但她每次提供的都是一些起不到作用的琐碎细节。所以，还能有什么关键性证据？"

"又聪明又年轻的人是不是都像你一样这么烦？你的脑子什么时候可以稍微变得钝一些？"严哲一边笑，一边将火机又重新摸了回来，"你就当陪我去吃几只螃蟹，行不行？"

何昭森也跟着笑了一下，随即低下头给于童发了条信息，很快他的手机再次亮了起来。于童问，出什么茶啊？大概这条信息回得很急，出差的"差"字，于童打成了"茶"字。

"那你现在走了，什么时候回来啊？"

于童盘着腿坐在何昭森床上，一边眨巴着眼睛看他收拾行李，一边趁手中的酸奶不注意朝它猛地一戳——干净又利落，细小的半爆破音炸在空气中，使人神清气爽。

"现在是三点半，你们自己开车过去刚好可以赶上晚饭。"

"周一上午九点半开庭，不出意外的话，可以等我吃晚饭。"何昭森将电脑包放进行李箱，一回头就看到于童正在全心全意地对付着吸管，"说了多少遍不要咬塑料做的东西。"

"你管我，它乐意被我咬——"于童说着说着突然就像个弹簧一样从何昭森的床上跳开了，"完了何昭森，我突然想起来你有床上洁癖，你从来不在卧室吃东西的。"

"突然？靠着我枕头吃了两袋薯片一包饼干还有一杯酸奶，现在你说，突然？"

何昭森的手臂绕过于童，打开了她身后的衣柜，接着，他用大拇指抹了一把还残存在于童嘴角的屑子："所以你放心，我会带礼物回来的——虽然我也不知道该带些什么。"

"你少拆穿我一次会死啊？"于童不满地皱眉，"谁还真的稀罕你的礼物啊？我就是要个盼头而已，不然周末晚上一个人在家多无聊多凄惨啊——连樱桃我也分配了任务的，我说在山上看到什么比较轻的东西就装进书包里带回来送我，树叶、石头都行。"接着，她又伸手轻轻地扯了扯何昭森的领带，"所以你不许忘了我的礼物。你敢用工作当借口我就烧了你的床。"

"樱桃是这个周末去秋游？"何昭森停下了正预备拿衬衣的手。

"对呀。"于童点点头，嘴里的吸管已经被她彻底咬坏了，"难道你没发现洗衣机里还扔着她的校服吗。爬山、露营、野炊——听起来也有点好玩的样子，虽然是和老师们一起。"

"没注意。"手机屏幕就在这时亮了起来，还有十五分钟，严哲就到楼下了。

"好吧，你没注意到也正常，毕竟现在我们的衣服是分开来洗的。"

于童光着脚，百无聊赖地踩了踩何昭森的拖鞋："秋游的秋游，出差的出差，瞬间我就变成了一个空巢老人——本来还可以找宋颂玩的，可是从上周五开始她就一直在忙分店正式开张的事，前天给她打电话的时候都觉得她快累到虚脱了，连我给她剧透她等了一年多的英剧她都懒得骂我了，总之——"她咬了咬下嘴唇，"除了我，大家都很忙，都有正事干。"

"我记得你十五岁许的生日愿望就是不读书不工作躺在床上有钱花——现在实现了，难道不好？"何昭森一边笑，一边往于童的鼻子上轻轻地捏了一把，"投的那些简历有过的吗？"

"喂——"于童急得耳根子都红了，"你怎么能偷看我电脑呢？你不尊重我的隐私！"

"昨晚上给你重装游戏包的时候我说我得全面清理一遍你的电脑，你说好。"

"那我……我怎么知道你清理一下就能看到我的记录啊？"于童还是觉得偷偷找工作这件事被何昭森发现了让她很不好意思，"没有。"她闷闷地回答他上一个问题，"没有一个公司要我——而且还有一个公司，不仅不要我，还特地打电话来嘲讽我。"

"嘲讽你？"何昭森下意识地加重了这三个的发音力度。

"也不是嘲讽吧，就……"于童叹了口气，"他给我打电话，问我确定是英语四级都没过而不是专四没过吗？我说是啊，然后他就笑了一下，说怎么一个英语专业的学生四级都没过呢。我不乐意了，直接说难道英语专业的学生一定要过四级？他就轻飘飘地回了我一句，不然呢？"她顿了顿，连带着头也垂了下去，"虽然我知道那个人说得没错，但我还是想骂他一顿，因为我投的职位压根跟英语没关系，是那个简历非要我写我是什么专业的，无冤无仇的，他干吗跟我过不去——可就在我准备再张嘴的时候，电话被挂断了。"

"把那个人的电话给我。"

"干什么？"于童一愣，随即警惕地看着何昭森，"你该不会善心大发要帮我……"

"我查一下是哪家公司，如果以后找我当法律顾问，收费得提高百分之三十。"

"你——就知道你没这么好心。"于童翻了个白眼，从衣柜和何昭森的手臂间晃了出来，当然，为了撒气，晃出来之前还不忘狠狠踩他一脚，"就出两天差你还要拖个行李箱——矫情，何昭森你活该被自己麻烦死。"

"好了，我得走了。"何昭森蹲下来将行李箱合上，接着又走到于童面前将她松垮的睡衣衣领理正了一点，"车子已经停在楼下了。有事给我——我是说，没事也可以给我打电话。"

十分钟之后，门铃声响了起来。

于童还坐在老地方想了一会儿要不要去开门这个问题——刚刚何昭森走的时候，一边将他穿着的拖鞋给她一边叮嘱过她的，不能随便给陌生人开门，也不能随便和门外的陌生人说话。

又过了一分钟，何昭森提着行李箱重新出现在了卧室门口。

"你有东西忘拿了？"这是于童的第一反应，"如果不贵重的话我可以从阳台上扔给你。"

"没有落东西。"何昭森笑了一下，将箱子朝着于童所在的方向轻轻地推了过去，万向轮在木地板上发出簌簌的滑行声，"只是我觉得，我的箱子里还可以放下一个人的东西。"

"不是吧，何昭森？"于童的眼睛里有惊喜一闪而过，"真的可以吗？你不是去工作——"

"我以为樱桃是下周末才去爬山，所以才答应哲哥提前去——总之，你收拾一下，我们一起过去。"何昭森看着明显高兴起来的于童，口气也放得更软了，"等我忙完这个案子，就带你出去旅游——算是迟来的蜜月。你喜欢欧洲、美洲，还是大洋洲？"

"都可以，我没有意见，去非洲找斑马挖钻石都可以！"于童的声音从主卧愉快地传出来，"不过你还是接着忙吧，我们过完年再出去玩。"

"为什么？"何昭森站得不算近，从他的角度看过去，于童大半个身子都钻进了衣柜。

"因为樱桃呀。就算我们要带她出去玩她肯定也会选择留在学校里念书的，真奇怪，居然有这么爱念书的人。"于童随便拿了一件外套给自己披上，"不过她和我说了想回半苏山过年，然后整个寒假都待在那儿，所以我们可以趁那个时候出去旅游。"

"现在才初秋，你们就已经商量到冬——"

"当然了，不然男孩子和女孩子的区别在哪里？"于童一边理直气壮地回应，一边徒手给自己扎了一个高高的马尾，"我只是没告诉你而已，其实我已经想好我们七老八十的时候过着什么样的日子了。"

"说说看？"何昭森表示很有兴趣。

"就是——"于童促狭地眨了眨眼睛，"你已经坐上了轮椅，但是我呢，身体还很好，所以就由我每天推你出去晒太阳，但是我残忍地把你晾在一边，和别的老头子跳广场舞——"

"还行，不算太差。"

"这还不算太差？就算你老了也不能看得这么开吧？"于童走过来，像是赌气似的提高了音量，"那我决定了，如果遇见大斜坡我就松手让你和你的轮椅一起玩个溜滑梯。"

何昭森不回话，只是将身子稍稍往前倾了几公分，接着头一低，就吻到了于童的嘴角。

"说实话，于童。"他深深地看着她，"我从来没有想过有一天，我们可以像现在这样。"

晚饭定在了当地一家很有名的海鲜馆里。

于童踩着吱呀叫的木楼梯，小小地晃了一把何昭森正牵着她的手："我闻到那种生海鲜的味道了，还有那种带着腥味的水，楼梯感觉也不是很牢固——我觉得我们像是在出海。"

"那于童，"走在前面的严哲突然回了头，"你猜猜我们等会儿会不会遇到风浪或是海盗？"

于童愣了一下，随即将何昭森的手抓得更紧了，第一次见面的生疏以及严哲刚刚意味不明的笑容都让她觉得有些窘迫——但还好，近在眼前的包厢拯救了这略显尴尬的一刻。

"这……我能不能自己去外面点东西吃啊？我没有想到你们是这么一大桌男的。"

门一开，于童的忘性就再一次得到了最大程度发挥，她望着不远处那张几乎满员的大圆桌，忍不住又开始跟何昭森讲起了小话："我谁都不认识，坐进去有点尴尬吧？你知道我最讨厌这种进食环境的——很憋屈，容易得胃溃疡。"

"没关系。你坐在我和哲哥中间，想吃什么我给你夹。"

包厢很大，从门口到圆桌之间还隔着一个类似小客厅的地方，何昭森带着于童走得很慢。

"其实我认识的人也还不到那张桌子的一半，但是，习惯就好了。"

"男人之间的应酬嘛——不管认不认识，都一窝蜂挤着先。"严哲笑道，"不过于童你也别太不自在，还有一个女孩子的，只是去烟酒行提酒然后堵路上了，很快就回来了。"

严哲说得没错，她其实完全不用那么不自在的——因为起初根本没有人注意到她。

何昭森和严哲还没有正儿八经走到桌边，就被五六个提前下位的人团团拥住了，然后他们开始进行成人世界的第一个动作——握手。

还好，于童在一旁暗暗地庆幸着今天穿了件有口袋的外套，这样的话，她此刻空荡荡的手在满是和她无关的寒暄中也不会显得太过尴尬。

"这位是——"等到真的入了席，坐在斜对面的一位中年男子才开口问起童的存在。

"我妻子。"何昭森点头回应，"因为我个人原因，所以将她带了过来。"

"没记错的话，何律师才二十五岁吧？这么年轻就结了婚，可惜了，可惜了。"中年男子一边摸着自己的金项链一边若有似无地打量着于童，但不知道是因为可惜了这三个字让人觉得膈应，还是因为他的眼神实在是太像在审视一件商品，总之，于童在此刻感到非常不自在。

"这有什么可惜的？"接话的是另一位稍微瘦一些，看起来文质彬彬的眼镜男，"我看啊，这恰恰说明了小何和他妻子感情好——我还记得当初刘检察官的女儿对小何是一片痴心，只要小何开庭，不管是不是刘检做控方，人小姑娘绝对坐第一排听庭，就差没拿个旗子助威了，当时我们院里全笑话她，刘检也说女儿大了留不住——得，现在稳稳地留住了。"

在一片哄笑声中，于童微微地低着头，用双手接过了何昭森递来的茶杯。

出于礼貌和短暂性的合群——或者只是为了不让自己更加不自在，于童也只好跟着笑，但是没有笑好，脸颊僵硬得像两块小石头不说，连双唇也抿成了用力且沉默的样子——可是也没关系，反正她也不知道说什么。

"对了，刘检的女儿是不是医生来着？"有人问。

"考了执照，但还在念书呢。"眼镜男夹了两粒花生米，"小姑娘挺不错的，又高又白，长得也清秀，现在在美国数一数二的医学院里念全奖研究生，估计还会继续往博士上念，前些日子刘检还和我说女儿的一个什么论文得了奖——当时我们还开刘检的玩笑，说你女儿要真和何律师成了，那你外孙不知道该多优秀……"眼镜男突然停了下来，有一丝尴尬从他的镜片底下一闪而过，于是他生硬地转换了一个话题，"那小何，你妻子现在在干什么？"

"暂时还没有确定下来。"何昭森笑了笑，"她比我低两届，今年六月底才毕业。"

"哦，原来两个人是同学啊，大学同学吗？"有人似乎来了一点兴趣。

"不是，我十二岁的时候就认识我妻子了，我们一直——"

"青梅竹马，初恋情人啊！"另一个人了然于胸似的接了话，"难怪何律师愿意——初恋在男人心里就是这么一个存在，不管变成什么样子，不管别的女人比她优秀多少倍，但她就是和别的女人不一样……"

"我可是听到有人在聊初恋情人？怎么回事啊，当心我回去挨个告诉嫂子们——"

一道清亮但却十足娇媚的女声从背后传来，于童想，这大概就是严哲刚刚说的那个因为提酒而堵在路上的女孩子。然后，她听到有人喊这个女孩子菁菁。

"咦？这个小姑娘是——啊，我知道了，严律师电话里和我说了的，是何律师的老婆，我当时可惊讶了，原来何律师已经结了婚。"骆菁将酒放到桌面上，涂了大红色指甲油的手有意无意地扫过何昭森的肩膀，"太伤心了，何律师，你们主任骗我，他前段时间还偷偷告诉我说你不喜欢温婉淑女，所以说不定我就有机会的，虽然我比你大了三岁，可是女大三，抱金砖嘛——结果，你喜欢这种类型的呀。"

……

于童发誓，要不是眼前这个菁菁把"这种"两个字咬得比其他语句都要重一些，那么她是没有兴趣特意为她抬个头的——她实在是不喜欢眼下的氛围，也不知道何昭森觉得如何。

"你好呀，何——"骆菁倒是毫不畏惧地和于童对视上了，"不行，我这个人心眼小，隔着大西洋暗恋何律师那么久喊不出一声何夫人。"她一边说，一边拉开了于童正对面的椅子，华丽的水晶吊灯将她精致的妆容衬得更加大气且风情，"要不小妹妹你跟我换个座位吧？等会儿海鲜火锅一上来，它们的烟也会腾起来，你那里容易被熏到——你喝点什么呢？牛奶？果汁？你肯定不会喝酒吧？那何律师带着你出来岂不是就像带了一个小女儿，好辛苦呢。"

"对不起。"于童硬邦邦地站了起来，椅子在她身后划出略显刺耳的声音，她不知道该看谁，那么索性谁也不看，"我得先去一趟洗手间。"

没出息。于童把水龙头拧到最大，在哗啦啦的水声中暗暗地骂了自己一句。

她也不知道自己是怎么在一分钟之内就找到这里来的，明明每到一个全新的地方，她就必然会在找洗手间这件事上浪费掉若干分钟，但这次，她甚至还没来得及去询问服务员，就被一股莫名的直觉带到了一字排开的洗手池前——老天爷，可千万别说是你在可怜我。

终于，她盯着镜子里面无表情的自己，将龙头拧紧了。

但是老天爷，就算你可怜我，就算我再怎么没出息，我刚刚的行为和现在的状态也不能被算成逃跑的——至少，不能全算。在听了那么多莫名其妙的话之后，我只不过是想要暂时地清净一会儿，你已经洞悉了人类那么多的奢望和贪念，那么我这个要求，不算过分吧——于是你告诉我在饭桌上洗手间是最万能的。于是，我按照你的指引这么做了，于是你带我来到这里。

于是，她知道了，就算没有遇上风浪和海盗，她也不喜欢这个连洗手间的水都泛着一股子咸湿和生腥的地方。她和这里格格不入。

她知道了。

回去的路程远没有来时那么顺畅。

在拐错了好几个弯之后，于童终于看到走廊末端亮着她眼熟的包厢名字了，可是，除了这个，她还看到了何昭森和骆菁——确切地说，是何昭森的背影，以及骆菁的大半个正脸。

他们站在另一个拐角处里似乎正在说些什么，何昭森靠着墙，而骆菁专注地望着他，两个人之间的距离隔得不近也不远，然后，骆菁发现了不远处的于童。

于童就这么愣愣地站在原地。

她看到骆菁扬起脸庞风情摇曳地笑了一下，接着，何昭森就递了一包烟过去，骆菁接过，却不急着用手去拿，而是选择像小鸟叼食般用嘴从一排静谧的香烟中缓慢地咬出一根。骆菁自始至终都媚眼如丝地凝视着何昭森，她越靠越近，潜台词再明显不过——她要他给她点烟。

……

"小姐，您跑什么呢！"

伴随着前来上菜的服务员的一声惊呼，于童飞快地跑向了那一排会吱呀响的木质楼梯。

她咬着下嘴唇，在完全黑透了的天色和带着陌生气息的夜风中暗暗地握紧了拳头——好问题，跑什么呢。难道是真的害怕看到何昭森给骆菁点烟？不，不是这样的，不仅仅是这样的——但总之，先离开这个糟透了的海鲜馆就对了。

周淮南站在冰柜前看了很久，才确定便利店外那个身影是于童。

"我最开始还以为看见的是你的孪生姐妹。"周淮南提着塑料袋从自动感应门里走了出来,他有些高,走到于童身边的时候差点撞到了便利店挂在屋檐下的八折活动板,"真神奇,换了一座城市居然也能看见你——平行时空?你是叫于童吗?"

两分钟过去了,于童依旧低着头,固执地盯着自己的鞋尖——好吧,她其实在某一瞬也偷偷地看了眼周淮南的鞋尖。她认得他的声音。

"怎么,心情不好?"周淮南的笑声在寒意轻微的夜里有一种莫名的清朗,接着他把身体弯曲成了一个夸张的形状,这个姿势能让他毫无阻碍地看清于童的大半张脸,"看出来了,心情很糟。"说罢他直起身子,从塑料袋里掏出了一瓶他刚刚特意让店员加热过的豆奶,拧开盖子后才朝旁边递过去,"这个地方的豆奶比一中附近卖的好喝。试试?"

"谢谢。"于童不渴,只是站久了有些冷。她想要接触到一些有热度的东西。

"你该不会是迷路了吧?"谢天谢地,他问的不是为什么她会出现在这里。

"没有。"虽然她的确不知道现在是在哪儿。她跑出来的时候什么都没带。

"我一发小明天过生日,所以我前天就到了这里——其实这里也没什么好玩的,今晚在船上玩桌游,结果船上只有碳酸饮料和酒,我就临时下来买点矿泉水,没想到碰到了你。"

"哦。"尽管于童真的没什么聊天的心思,但毕竟拿人手短,吃人嘴软,所以她只好老老实实地将头抬了起来,正前方果真是一片看不到尽头的河,"那你帮我祝你发小生日快乐。"

"你是不是有点傻？"

周淮南一边笑，一边胡乱地替于童将外套帽子给戴上了。"哎，我发现一个事——"他故意感叹，"你人看起来瘦瘦小小，头怎么这么大啊，明明又不聪明，那里面装的都是——"

"你放屁！"于童斜着脸，狠狠地瞪了一眼周淮南，"是这件衣服的原因，它的帽子本来就做得比较小，跟我的头才没有——"

"对，这样才对。"周淮南继续不怕死地隔着帽子揉了一把于童的头，"所以你不开心是那个惹你不开心的人的问题，跟你没关系——是吧，我这么类比一下，心情好一点没有？"

"没有。"于童像是赌气似的将剩下的豆奶全干了。

"那行吧。"周淮南耸了耸肩，又接着问，"你等会儿是不是又要去干一些很重要的事？"

于童没说话，只是很用力地摇了摇头。

"那跟我一块上船？都是很随和的人，差不多年纪。"周淮南说着说着就伸了一个懒腰，"靠在岸边等了我十多分钟了——可是把你一个人丢这里，我又有点不放心。"

"什么呀，都什么年代了居然还玩最原始的'杀人游戏'。"于童还没有走进包厢，就听到了一个女孩子正扯着嗓子大声说话，"真的，我来教你规则，'狼人杀'很简单的，就是多了几个角色而已。"

"铃铛妹，你声音能不能小点？"周淮南推开了虚掩着的门。于童想，原来这个女孩子叫作铃铛妹，这个名字很适合她正扑闪着的大眼睛，"客船二楼上全是你的尖叫。"

"这不怪我好不好？要怪就怪平哥土，居然要玩最原始的'杀人'，就算他等会儿要过生日也不能这么不讲道理吧？"铃铛妹十分不爽地白了一眼坐在她身边的平哥。

"这有什么。"周淮南靠着门板拧开了一瓶矿泉水，"我也只会玩这个啊。"

"听见没？"平哥的底气立马足了起来，"我，五个小时之后的寿星，今晚的买单者，周淮南，泳坛的天才少年，我们这里唯一一个接受过记者采访上过电视台的人——怎么样，我们俩加起来分量够不够？"

"什么嘛——你们两个干脆土死算了。"

铃铛妹皱了皱眉头："好好好，我决定了，要是我们这里还有一个人不会'狼人杀'，我们就玩最原始的版本，够公平了吧？等等周淮南——"铃铛妹好不容易低下去的声音在此刻又扬了起来，"你不是去买水了吗？怎么还带回来一个女孩子？我就说你怎么买那么……"

"别乱说话。我刚在便利店遇到的朋友而已。"周淮南将于童往身前带了带，"于童。"

"谁要乱说话了？"铃铛妹不满地哼了一声，随即又对着于童绽放了一个诚意十足的笑脸，"那于童美女，你会不会玩'狼人杀'？我觉得你肯定会，你看起来那么聪明。"

尽管非常不想扫铃铛妹的兴，但于童还是诚实地摇了摇头："我、我不会。"

"啊……"铃铛妹非常着急地抿了一下小嘴，"没关系的，我教你，你肯定学得会，'狼人杀'呢，就是杀人的那个变成了狼人，还多了几个角色，预言家是先知，可以确认大家的身份，女巫有两种药，一种解药一种——算了，愿赌服输。我来当法官给大家发牌好了。”

于童拿到的身份是平民——一个不管在“杀人”还是“狼人杀”里都普通到不能再普通的角色。

“你们真的很过分，”铃铛妹噘着嘴，“一点都不友好，居然首刀新来的朋友。”

“没关系没关系，”于童带着一丝提早退出游戏的侥幸连连摇头，“反正我……”

“喂，死人的觉悟呢？”周淮南悠闲地把玩着自己的身份牌，“不要诈尸，安静一点。”

于是一整圈下来，周淮南的票数遥遥领先。

“周淮南，”铃铛妹俨然一副执行正义的样子，“你被投死了，请问你还有什么遗言吗？”

“没有，投死我挺好的。”周淮南微笑，“这个船晃得我头晕，正好去外面透透气。”

“什么啊，你在水里待了这么多年都快成鱼精了，你居然说你晕船——”

但周淮南却不理会铃铛妹的质疑，他站起身，走了两步之后才回头冲于童扬扬下巴：“喂，那个死了的平民，走不走？我们去地狱一日游。”

“你冷不冷？”周淮南摸了一把被风吹得冰凉的护栏。

于童摇了摇头。

“那就遗憾了。”甲板上的人很少，周淮南在零星的灯光中短促地笑了一下，“既然你不冷那我就不能给你披衣服了，毕竟你是有夫之妇——乱来得遭天谴。"

"滚吧你！"于童白了周淮南一眼，"要是我心情好一点绝对上来撕了你的嘴。"

"怎么，你心情好才打人啊？小姐，我看你是不是不太正常……"

于童不再回话，她不得不承认，因为刚刚那句有夫之妇，何昭森的脸就像默片回放一般在她的脑子里无声地、缓慢地、黏稠地闪了一下，连带着的，是他的吻，和那个背影……

"玩得很无聊吧？"他看得出她一直心不在焉。

"也不是，"于童咬了咬下嘴唇，"你朋友们人都很好，这个游戏我以前……"

"不是我杀的你。"周淮南突然认真地看起了轮船底下那一群群沸腾着的水花，"如果我是杀手，我杀谁都不会杀你——包括我自杀。"

"周淮南，我饿了。"于童站得离他远了些，"我们下船去吃点东西好不好？"

于是，他们又回到了那个便利店。

"为什么要吃这个？真的不换点别的？"周淮南拿着两桶泡面迟疑地站在收银台前，"我已经很多年没有碰过这玩意儿了——还是说我看起来穷到只能请你吃这个？"

"没办法，从小到大只要我又冷又饿，想起来的第一样东西永远是泡面。"

于童一边回答，一边费尽千辛万苦从口袋里掏出了两个硬币："好了，为了显示公平，我也得请你吃点什么才行，可是我只有两块钱，啊，我知道了——"她的眼睛突然亮了一下，"我请你吃泡泡糖好了，送贴画的那种，刚好一人一个。我们看看谁的更好看。"

"幼不幼稚。"尽管周淮南口头上无比嫌弃，但还是大方地将左手手背朝于童伸了过去，"你这什么手气，居然拿了两个一样的，我要是小孩子绝对出了这个门就跟你绝交——不过小孩子是不是不能贴？我记得我小时候我妈不让我贴，说这个东西会吸血。"

"好像是的吧，我爸也这么说过，那——"于童犹疑地看着他，"要不要现在去洗掉啊？"

"就是嘛，年轻人有什么话不能好好说，刚刚还站在我店门口闹别扭呢，现在和好了多好？"老板娘端着两桶已经泡好了的方便面走过来，特意又多看了周淮南一眼，"男孩子一定要多让让女孩子才行，不然呀，是娶不到人家当老婆的。"

周淮南有些尴尬地咬着塑料叉子一笑，匆匆地点了个头，说："好，阿姨，我知道了。"

"我问你，"老板娘走后，周淮南又顺手拿了一个饭团放在于童的手边，"要是你老公听到刚刚的对话，会不会把我的头拧下来？"

"去死吧你，他才不是这么不讲理的人。"不管怎么说，面对着热气腾腾的食物，于童的心情总算好了点，但很快她的眸子又暗了一下，"他——算了，不说他。"

"好。"周淮南也不介意，只是挨着于童坐了下来，"你要不要再加一根玉米肠？"

"不要，我最近不喜欢甜甜咸咸的东西，感觉很奇怪——喂，原来你是左撇子？"于童不安分地动了动手肘，"那我们猜拳好了，谁输了谁就换个位置，不然我们都不好吃东西。"

"不要。"周淮南干脆地扬了扬眉，"懒得动，我觉得我现在这个位置就挺好的，不如我教你用左手？聪明人都是左手拿餐具的。"

"周淮南你什么意思啊，你还故意挤我？"于童也不甘示弱地回挤了一下，"你——"

突然间，于童明显地感觉到正前方那块本来透彻明亮的落地窗上出现了一大块阴影，于是她的呼吸和她正在进行的动作就这么莫名其妙地被凝滞住了。接着，她愣愣地，甚至是机械性地将头转了过去——她看到了一个人，是何昭森。确切点来说，是脸色非常不好的何昭森。

他站在落地窗外，和她面对面的直线距离不到半米。

于童眼里的他无声地张了张嘴，但她知道，何昭森在说，出来。

第十章
DISHIZHANG

我们今晚不吵架，
好不好？

房卡一插，整个房间就面无表情地亮了起来。

何昭森在推开浴室那张虚掩着的门的同时也一并将于童推了进去，他打开水龙头，任由头顶暗黄色的灯光来模糊他此时的表情。

"把手上的东西洗掉。"他使用的是命令的口气。

"怎么，"于童不为所动，"烟点完了，饭吃完了，所以就来找我了？"

"于童，事情根本不是你想的那样。"何昭森从斜后方的毛巾架上拿了一条毛巾塞进了她的手心，"水已经放热了，你——"

"不是我想的那样，那是怎么样啊？"于童冷笑着将毛巾重重地摔进了洗手池里，一瞬间，她的声音盖过了所有，"还有，你很了解我吗？你知道我在想些什么吗？何昭森，你为什么总要这么自以为是呢？改掉这个毛病你就会死是不是？"

何昭森把眼神挪开，没有打算应战。他知道，就算他在五个小时之前为她干脆地中途离席，就算寻找她的途中每一分每一秒都是焦虑不安，就算最后她在明亮温暖的便利店里和另一个男人欢快嬉笑，但在她心中，这些都不是重点，甚至无关紧要到可以忽略不计，所以她才能底气十足地昂着脸，以一种冰冷且无畏的眼神深深地注视着他。

"于童。"他伸出一只手将水龙头关上了——他想，这也许是此刻唯一能做的，并且不会火上浇油的事情。他的确很了解于童，其实于童自己也很清楚这一点，但气氛和情绪使然，她只能胡乱地闭着眼睛从事实身上踏过去。何昭森从来没告诉过于童，口不择言并没有比自以为是好多少，越是亲密，痛处就越是踩得狠，"我们今晚不吵架，好不好？"

"我们今晚不吵架好不好，不吵架好不好……"于童一边重复一边笑，刻意为之的笑声有一种别样的清脆，接着这阵婉转的震动在空气中戛然而止，类似于一块布满裂痕的玻璃终于在真空罩里猛然炸开，于是她轻轻地吸了一口气，在满地无声浩荡的透明色碎碴里发狠似的盯紧了面前的人，"何昭森你少给我来这套，放马后炮有什么意思呢？别惹人笑话了！你现在知道来问我好不好了，现在知道来我面前装好人了，我告诉你何昭森，晚了！"

"于童，你——"

何昭森下意识地想去握住于童那只因为激动而在半空中摆动着的右手臂，但结果也毫不意外，被她狠狠甩开。

"好，我不碰你。但你好好地跟我说，你现在到底在想些什么？"

"好好地跟你说？你想得美，你他妈以为你是谁！"

似乎刚刚那挣脱的一下子还不够解气，她想也没想地就拿起那条沾满了水的毛巾朝着何昭森的胸膛上抡了过去——毛巾是软的，水是软的，但它们凑在一起，就变成了沉重的凶器。于童拿着它，无法停止手中的动作——那种收进来之后又用力甩出去的惯性缠住了她，使她变成了一个杀人不眨眼的刽子手，连带着浴室也变成了一个危机四伏的行刑场地。何昭森衬衫上的水渍越来越大，毛巾挥出去之后所带来的声响也越来越闷，她知道，她应该觉得酣畅淋漓的，可是她也解释不清，为什么比这种快感一般的情绪来得更早的，是她的眼泪。

"好，你不是想知道我在想什么吗？那我现在就告诉你，你他妈给我好好听清楚了——"她的手终于垂了下来，不过，她还是没能松开那条毛巾，"在饭桌上，你不是和那些人有来有去地聊得挺开心的吗？关于他们怎么可惜你，别人怎么追求你，而我又是一个多么尴尬多余的存在——你现在假惺惺地说不吵架，那你当时就别聊得——不，你那么自然，其实这已经不是第一回了吧？也对，我怎么忘了严哲看到我也上了车时的那副惊讶样子，他说你竟然把于童带上你不是疯了吧。不，何昭森，你没疯，是我疯了，我疯了我才跟着你来。"

"好了，于童。"何昭森开始朝着于童所在的方向走过去。刚刚为了能让那条毛巾有足够的空间发挥，她不知不觉间，竟与他有了些许距离，"我知道你不喜欢应酬的氛围，所以我之前从来没有带你去过类似的场合，但这次不同，这次没有人陪你在家里过夜。至于那些话——虽然是在开玩笑，但的确不怎么好听，这我承认，可是应酬桌上的话听一半过一半，没有人会当真的，这些都是吃完了这顿饭就不再重要的事情。你别计较这些，行不行？"

"还有，严哲那么惊讶不过是因为同事那么久，他从来没有见过我在办事途中带任何与案子不相关的人而已，他只是在单纯地表达意外。"何昭森停了下来，因为他发现于童正随着他的靠近而不断往后退，再退一步，她的背就要贴上那些冰冷的月牙色瓷砖了，"最后是骆菁。我站在包厢外等你，然后她也跟了出来，她问我需不需要给你道歉，因为——"

"够了，你别说了。"于童干脆地，甚至是有些自暴自弃地靠向了身后那面墙。

就是在这一刻，她觉得自己裂成了好几块，第一块随着刚刚那阵突如其来的爆发被绞碎在空气里，第二块被拖进无时无刻不在散发着凉气的瓷砖里。她缓慢地滑坐在了水渍斑斑的地面上。她知道，连最后一块也快要不属于她自己了，所以她和她的毛巾都变成了颓然且疲惫的样子。最后，她松开了它。她开始用力地环住自己的两只脚踝，声音却轻飘得出奇。

"何昭森，我还是不明白，为什么你要把所有事情都解释得那么冠冕堂皇？其实我根本就不想听这些理由，因为好像不管怎么理解，最后错的人可能是我，可能是他，可能是老天爷，但总归就是错不到你身上去——为什么啊？你还要在那上面待多久啊？"她轻笑一声，脸部肌肉牵动着承满泪水的眼眶也晃动了一下，"你到底什么时候才能跟我讲一句实话啊？"

"你什么意思？"何昭森静静地看着她。

"我什么意思？我什么意思你能不明白吗？"于童用手背狠狠地抹了一把挂在下巴上的眼泪，"何昭森，你是不是到现在这一刻还觉得自己特别伟大啊？是，你优秀，你了不起，你走到哪里都只有被夸被崇拜的份——然后呢？你就得意忘形到以为自己是上天派来拯救世人的是不是？娶了我你多委屈啊？委屈到认不认识你的人都来为你鸣不平——好笑，你们是在联手演一出《哈姆雷特》吗？何昭森，我不管你究竟想要化身于哪部电影里的救赎主人公，也不管你的个人虚妄英雄主义是不是已经膨胀到爆炸，我只问你，你恶不恶心？"

"是，我没有阮青栀温柔，没有那个念到博士的女医生聪明，也没有骆菁那么大方能跟满满一桌子的人搞好关系，其实——还有更多我不知道的人吧？"

接着，她顿了顿，又自嘲地笑了一下："但你不讲我也知道，不管是些什么人，总之都比我强，都比我要拿得出手。"

何昭森沉默地站在原地，隐在一旁的拳头重复着握紧和松开。

"你说得多好听啊，说娶我只是觉得就应该是我——当然是我了，何昭森。因为只有我才能完完全全把你衬托到最好的位置上去。专一、长情、念旧，为爱不计较一切客观条件，愿意在凤凰堆里捡一只丑小鸭——你看，这世界上所有好的形容词你都踏着我的尊严得到了。怎么样，何昭森，是不是觉得皇天不负有心人，一切努力都没有白费？"

于童仰起头，眼泪以一种惊人的速度在她脸上流淌："这里只有我们两个人了，所以你不要再装了，实话实说也没关系的——我刚刚讲的那些，才是你娶我的原因吧？"

"为什么？难道就为了让我自己在别人眼里看起来更高尚一点？于童……"何昭森的呼吸慢了下来，这是他第一次发现原来张嘴说话也不是一件轻松事，"你真的是这么想我的？"

"是。我就是这么想的。"

于童毫不含糊，甚至再次伸出手抹了一把眼泪好让她能毫无遮挡地看清何昭森的脸。

"一开始我还以为你是因为过去的事对我感到一丝丝亏欠，又或者是因为我当时的处境看起来很可怜，所以你干脆扶贫扶进家门口，所以我干脆也咬咬牙——真是的，不就是结婚嘛，谁怕谁呢？可我现在才发现，你只是为了你自己，你只是想踩着我然后无限接近于你心中那个完美的自己——这真的让我恶心。所以何昭森，我警告你你别再继续恶心我了——"

于童顿了顿，她觉得很奇怪，明明眼泪一直没有停过，她的眼球却在此时感受到了一股类似干涩的疼痛，然后她一字一句地说："一张纸，一件婚纱，一个戒指，改变不了什么的，把我逼急了，我照样 × 你妈。我告诉你，我什么都不怕。"

谁也没有料到，何昭森竟然在这个促狭的瞬间里小小微笑了一把，接着他感受到了，他的身体里有些什么东西开始随着那个莫名的微笑蠢蠢欲动了——许久未见，但并不陌生。

"于童，"他的语气听不出大的情绪起伏，但却紧紧扼住了于童的每条脉络和神经，"就算你再怎么恶心，你也得明白一件事——现在我妈，也是你妈。你这辈子，都得跟我在一起。"

"何昭森我操你妈啊！你到底想怎么样啊？"

于童也说不清是什么再次激怒了她，或许是何昭森刚刚那个转瞬即逝的笑容，又或许是他将一切都囊括成云淡风轻的口气。总之，那股在她胸腔里肆意横行的力量凶猛又原始，就像是沉寂了百年突然苏醒过来的雪顶火山，她被它强有力的气流顶着跳了起来——当然，在离开地面的时候，她没有忘记她刚刚的战友。她紧紧地握住了它。

火山气流不断向上延伸，最终灌满了她的脑子，令她的眼前产生了一整片红黑交杂的混沌。她站起来之后却没有往前走，而是待在原地急促又大口地呼吸着新鲜的空气，就像是学生时代刚刚检测完八百米，然后她模模糊糊地意识到，或许是时候了。

"我想你没忘记那天晚上你在电话里是怎么跟你妈说的吧？你说，妈，你别这样，反正我都已经跟童结婚了——我去阳台给 Morgan 拿浴巾时听到的。'反正''都已经'——来，何大律师自己来听听，多无奈啊？多后悔啊？多他妈身不由己啊？何昭森，没必要的，好聚好散而已，何必硬绑在一起？你他妈该不会自我陶醉到以为每天都有观众来收看你为我牺牲了多少吧？还是说没有这出戏你就活不下去了？省省吧何昭森，你不觉得恶心啊？还说什么一辈子，谁他妈愿意忍受你这种变态就让她跟你一起去死，我——"

于童的声音渐渐恢复了正常，闹了这么久，她根本没有那么多力气使嗓子一直维持在歇斯底里的尖锐状态里，更重要的是，新鲜的眼泪冲破了她眼前的混沌，让她再次看清了眼前的景象——何昭森面无表情的侧着脸，而正对着她的那一边，有明显的红印和水渍。

"你……"她想，就算此时此刻不适合示弱和投降，她也必须承认她有了那么一瞬间的慌乱和心软。是，她现在的确恨不得将他挫骨扬灰，但是她却从没想过要真真切切地打上他的脸。她只是在跳起来的那瞬间里下意识地将毛巾挥了出去——就像最开始那样，她根本不知道何昭森在什么时候又往前走了一两步，"我不要你任何东西，等我们回去了就去办——"

"办什么？"何昭森的眼神暗得像窗外深夜一点的长街，他三步并作两步走过去，像拎一件衣服似的将于童整个人都拎了起来，"于童，你看着我。你再说一次，办什么？"

"何昭森你是不是有病？你管我要办什么，你他妈先放开我——"于童不安分地在何昭森的手掌与墙壁间扭动着，她知道他留了力气，但这种绝对的制伏力依旧让她觉得她像是一枚下一秒就要被按进瓷砖缝隙里的图钉，"放开我！"她死死地盯着他，"你放开我！"

"于童，我给过你一次机会的。"何昭森也回望着她，"我问过你的。要是你当时这么说，我一定二话不说放你走，但是现在——就像你一个小时之前跟我说的，晚了。"

他的手臂开始小幅度地弯曲，于童的双脚也终于再次踏实地踩在地面："在参加徐阿姨的葬礼之前，我花了一整晚的时间来想我是不是真的以一种纯粹的感情在爱你——我跟自己说，习惯也好，愧疚也罢，但凡掺杂了一点别的东西，天亮之后我绝对放手，此生不再跟你纠缠。结果你也知道了，我主动问你要不要跟我结婚——于童，我娶你，从来不是意气用事，也不是小孩子过家家，更不是住了不满意就可以嚷嚷着退房的酒店服务，更何况我已经给过你一次反悔的机会。你现在想说来就来，说走就走——于童，我告诉你，天底下没有这么好的事。"

"你在这儿站一会儿，淋醒了再跟我说话。"

何昭森将头顶的花洒打开，温热的水雾瞬间将二人包围起来，细密绵柔的水滴打在于童脸上，一瞬间的错觉让她对自己的泪腺产生了极大的厌恶——怎么没完没了呢。

"还有……"就在准备退出这方天地时，何昭森却突然深深地看向了她的眼睛。他很想替她抚一抚黏在她脸颊上的头发，但最终，还是选择不动声色地将手收回，"你刚刚说的所有话，我都当作没听见。"

于童站在水帘下，木讷地看着何昭森替她关上了眼前那张磨砂玻璃门。她有些不知所措，因为她清楚地看见何昭森疲惫的平和底下，压着一层真实的伤心。

十分钟之后，何昭森又回来了。

那张玻璃门雾气蒙蒙，他轻轻一拉，就震动了上面无数颗像是眼泪的水珠子。借着这道外来的力量，它们终于可以畅通无阻地向下俯冲了——地面上的伙伴看起来比较多，那儿真像最开始的故乡。所以它们跌下去，在那层浅浅的水流中进行了一场无声的碎裂与重生。

"你抽了我的烟。"于童僵直地站在花洒底下，声音有些沙哑。

"是。"何昭森看着她，她依旧保持着他上一次离开时的姿势，一点都没有变。

"你说过你不喜欢那个味道的。"

"是。"何昭森将门关上，再次走进了眼前的水帘。

隔着湿透了的衬衫和棉质 T 恤，他将她紧紧地揽进了怀里。他也说不上为什么，不过是浴室里的一个花洒罢了，他却在真实触碰到于童肌肤和心跳的那瞬间里恍惚地以为他们在接受什么磨难——是的，我们是一起的，我们是一体的，我们如果要度过这个难关就必须不留一丝缝隙地相拥——来吧，我们都知道的，我们可以搂得再紧密一些。

"可是我喜欢你，你知道的。"他小心翼翼地捧起她的脸，大拇指的指腹在她眼睑底下轻轻地摩挲着，似乎连声音也变得低沉，"于童，你明明知道的。"

"何昭森——"

于童一张口，就尝到了从头顶上浇下来的味道，似乎有消毒液的生涩，又似乎有柑橘香氛的清新。她就是这点可爱，当她很着急地要去干点什么事情时，她就完全没有办法顾忌自己的形象或者是先冷静下来考虑一下别的事情——一直到这一刻，她都没有想过其实她是可以伸手将花洒关掉的，所以她只是边咳边抹嘴角，接着就像是赌气的小孩子似的将头用力地砸向了何昭森的胸口——先前是她的好战友，现在，终于轮到她了。

"你不要信我刚刚说的话，真的，你一句都不要信——"她闭上眼睛，两只手发狠似的揪住了何昭森的衬衫，"其实我……我想说的不是那些。我只是很怕。"

何昭森的手掌下意识地覆上了于童的后脑勺，他轻声问她："你怕什么，于童？"

"我……我怕……"于童咬咬牙，她不知道该怎么向何昭森表达清楚她现在的想法——不谈她到底在害怕什么，其实就连她承认了她在害怕这件事本身就够让她觉得羞耻的了，所以她只能紧紧盯住他平直的锁骨，以及深凹的锁骨窝里所承载的那一小片湖泊，"你看不起我。"

"告诉我，"何昭森再次捧起于童的脸，强迫着她与自己对视，"你怎么会这么想？"

"因为本来就是这样啊。"于童倔强地看着他，一点儿也不愿意承认其实她还觉得有些委屈，"我不傻，我知道我自己不够好，哪里都配不上你，大家也都是这么觉得的不是吗？你娶了我就是吃了这个世界上最大的一个亏，谁都知道你可以拥有更好的。"

"于童。"他的眉头皱了起来，"在你想这些东西的时候你应该直接来问我，难道——"

"那我他妈就是不敢来问你啊！"于童拖着哭腔，将声音陡然提高了，"万一你也是这么想的呢？万一你也和别人一样打心底里觉得我配不上你呢？万一你其实早就后悔了只等着我来开这个口呢？何昭森你不能这样，你浑蛋！"她伸出手，狠狠地抹了一把那些在她脸上雀跃着的新鲜眼泪，"谁都可以瞧不起我，唯独你何昭森不行。你不可以正儿八经地同情我，也不可以装模作样地可怜我，更不可以把我踩在烂泥里，然后高高在上地看着我——你他妈的就是看不起我，日子一长你就会开始厌恶我，然后恨不得下一秒像丢垃圾一样地甩掉我——做你娘的美梦去吧，何昭森，你别想这么羞辱我。你不可以这么对我，我只有你了，我最信任最亲密的人只有你了，只有你了……所以，我求求你，你别这么对我，你……"

"乖。"何昭森在于童光洁湿润的额头上轻轻地落下一个吻，然后他说，"好孩子。"

……

再次回到床褥间的时候，于童觉得似乎已经过了一个世纪那么久。

她浑身赤裸地裹着半干半湿的浴巾，周遭一片寂静。何昭森把所有的灯都关了。

"冷不冷？"何昭森问她。

于童拼命地摇了摇头——她也不知道摇头的力气是从哪里来的，明明她浑身上下都泛着一股没骨头的软绵。是的，那种要化身为水的感觉又来了，只是这一次，到底有些不同。不过现在并不是深究两者之间的差异最好时刻，因为她突然想到在黑暗中何昭森是看不见她在摇头的，所以她说："不冷。"——还好。就算没骨头，声音也不是特别矫情。

然后何昭森就过来了。炙热的鼻息喷在耳边，她甚至是第一次这么清晰地听到何昭森的心跳——它规律平稳，强壮有力。它与她只隔着一层柔软的血肉。于是，她下意识地攥紧了身下的床单。恍惚间，于童却觉得自己开始变得沉重起来——喂，水不应该是轻飘飘的吗？但事实就是如此。她甚至感受到了有无数的藤蔓从自己身体里延伸出来，而它们的种子，扎根在床底，不，要更深一点，是床底下的毛毯，是毛毯下的大地。它们拽着她，无限向下沉……

于是，她就莫名其妙地想起了很多年前一个平淡无奇的下午——

她还很小，大概是在念初二。何昭森将遥控器递到了她的手上。没什么好看的，她换来换去最终还是败给了一个整日播放连续剧的频道，那里有一对男女正在午夜里激情地拥吻。

"换一个。"她记得何昭森这么跟她说。

"可是别的台不是广告就是广告。"于童不满这种家长式作风，于是继续噘着嘴控诉，"我已经不是小学生了，看一看接吻又有什么关系。"

"他们不光光要接吻，"十六岁的何昭森似乎有一点点尴尬，"他们还要……"

"还要干什么？"于童眨巴着眼睛。

"总之是大人该做的事情，你看了不太好。"

于童还是不懂，因为电视里的场景一下子就跳到了第二天中午。但现在她知道了，曾经困惑了她很久的"大人该做的但是看了不太好的事情"就是她和何昭森在此时此刻正在做的事情——她轻轻地屏住了一口呼吸，然后愉快地想，这可真奇妙。尽管这件事，人人都得经历。

"你如果很害怕，或者很紧张，那就算了。"何昭森捏着她的耳垂，似乎一点也不急。

"不，这些都没什么要紧的。"于童直直地看着他。她的鼻尖离何昭森的鼻尖只有不到一厘米的距离，他们正在吸食对方的氧气，"你只需要告诉我，这么做，到底好不好。"

"我觉得——"于童感觉得到何昭森在笑，"不坏。"

那这样就够了。于童不再说话，甚至主动地咬上了何昭森的下嘴唇——她总是偏爱这里一点。他托着她的腰，把她变成了一张蓄势待发的弓。空气里充斥着飒飒的风声，她被拉得越来越满，终于，何昭森将她从那堆藤蔓和种子的束缚中彻底解救了出来。她再度变得轻盈。但这一刻的自由短暂得如同黎明前的朝露——因为紧随其后的，是从未忍受过的疼痛。

她形容不出来，她只觉得这种疼痛与以往的干脆暴烈不同，它缓慢、黏稠、深不见底，就像是有人拿着一把搅拌棒要把她整个人都搅碎在透明的器皿里——是何昭森在降临。

于童微微仰着头，胡乱地抓住了还握在她大腿根部的何昭森的手，接着她用尽全身力气狠狠地挠了他一把——有什么呢，这点痛根本就不够还的。

眼泪不受控制地从眼尾没进发丝，她感受到何昭森细密的吻从颈窝游离到了耳边。

他在说我爱你。这么巧，于童咬着下嘴唇笑了，我也爱你，但我更爱这一刻——因为这是我们作为一对普通的饮食男女所能达到的，最亲密的一刻。

听见了吗？哪怕现在我们的身体里正翻涌着看不到尽头的海浪，但是你听见了吗——她从浪花中捞起了何昭森那张忽远忽近的脸，她泪光闪闪地凝视着他，是我也爱你。

宋颂的分店最终还是踩在秋天的尾巴上正式开了起来——比大家预期的都要早一些。

"我的天，宋老板您也太懒了吧！"

于童一边捂着被鞭炮声炸得有些耳鸣的耳朵，一边从何昭森身后转移到了宋颂眼前："请问这里的布置跟你的第一家店有什么区别吗？完完全全就是照着……"

"那你以为现在的设计师都是新一代的活雷锋吗？"宋颂对着空气翻了一个巨大的白眼，"来来回回谈了好多次价钱死都压不下来，最后居然说我没有合作诚意——什么东西，我给他脸了。没诚意我一天跑三趟他的办公室，他这么有诚意怎么不直接给我抹个零？"

"可怜。"于童佯装同情地拨弄了两下宋颂的刘海，"没想到当初名震各个高中的混世大魔王居然被一个小小设计师欺负了。"

"英雄不话当年。再说了，谁能浑得过你？"

话虽这么说，但宋颂还是明显地感觉到眼前的于童有了些微妙的变化——其实她也说不太准，粗略地概括起来就是觉得于童最近心情很好——她说话的语气、看人的眼神，甚至连一些无意识的小动作都好像被一层笑盈盈又水灵灵的柔软给包裹住了。它把她变成大人，同时又像孩子。行吧，宋颂在心里再一次坚定了自己对婚姻的看法，她才不要为了一个本来不相干的人和一些看似虚无缥缈的东西牺牲自己潇洒的本性呢——怎么想都觉得不是件好事。

"不过……"宋颂提了一口气，根本就不打算追究于童将她精心营造的发型弄乱了——她向来讨厌别人碰她头发，但于童是个例外，"何昭森怎么能把你养得这么好？脸上的肉都快掉下来了，难道是我以前的饲养方法出了问题？"她一边说，一边像是揉面团似的揉着于童的脸颊，"你要不要先去包厢里坐着？鬼知道外面那些鞭炮什么时候才能放完。吵死了。"

宋颂向来不怎么喜欢烟花爆竹之类的东西，但奇怪的一点是，她对硝味充满了好感。

于童摇摇头，眼神在外面略显冷清的街道上扫了扫："你把店开在这里，不会亏吧？"

"管它呢，生死有命，富贵在天，反正我只要想到我省了一笔设计费就觉得已经回了一大口血了。"宋颂似乎也被自己不着边际的洒脱逗乐了，"放心吧，我问过你家那位的。虽然这里的确没有一开始定的市中心和学院路好，但很快就要造一个大商场了，说不定还要迎来一大批拆迁暴发户，所以说，你什么时候铁了心要离家出走我还是有钱能借给你的。"

因为困倦，宋颂打了一个大大的哈欠，泪眼蒙眬间，她看到服务员已经带着何昭森和樱桃往预留好的包厢方向走去了——没办法，谁叫她正好选在了一中放假的时候开店呢。

"走吧，我带你去后厨吃最新鲜的芝士蛋糕。"

"其实我最近一吃甜味的东西就犯腻，不过我还是很愿意为了芝士恶心一下我自己。"于童走了两步又停了下来，"厨房现在应该很忙吧？我一个闲杂人等进去碍手碍脚——"

"因为我只准备了一块，要是端出来不给最小的吃会显得很没有风度。"宋颂无奈地回头，顺手将于童外套的拉链一路拉到了顶端，"还有，年轻人能不能节制一点呢？何昭森不是很忙吗，你瞧瞧你脖子上那几个印子，不知道的还以为你吃了什么东西严重过敏——但，怎么样？"接着，她难掩八卦天性地眨了眨眼睛，促狭问道，"他厉不厉害？"

"喂，宋颂，你——"

其实于童也知道脸红是此时最令人不齿的反应，但她就是很没用地控制不了那阵潮热。

"好好好，我不说了，不过小祖宗你脸红干什么？想当初我们——算了，这么纯情的你我可接受不了。脸红的意思就是他很厉害嘛，知道了知道了……"

宋颂嬉笑着将声音拉长，本来她还想再说些什么的，可就在她准备继续开口的时候，却觉得有一束目光正牢牢盯着这里。出于本能，她当即便寻找起了那双眼睛——没有任何发现。

"对了，跟你说个正经事。"一来一去间，宋颂想到了更重要的"正经事"，"你最好注意一下那个樱桃，我总觉得她对——也不是，就我上个星期三下午看到她和一个男孩子在咖啡店，应该坐了挺久——说是逃课出来早恋吧，但感觉又不太像。总之，很奇怪。真的。"

——你觉得，我爷爷真的是一个坏人吗？

樱桃发誓，她真的不是故意要在和何昭森独处的时候走神的。她比他晚进包厢几分钟，手里头还攥着一份服务员硬塞给她的菜单。在饮品那一栏，招牌鸡尾酒叫作冰火之歌。

这样的名字，让她不得不想起白熠。而最近只要一想起白熠，她就会想起那个秋高气爽的下午，以及他那句困惑、犹疑，甚至是带着些羞涩的问话。

"最近大家都在讨论。"

那是秋游回来之后的某一天，白熠照旧不定时地消失在了教室里，只是这一次，他将樱桃也带了出来——其实，对于这个结果，他自己也很意外。就算因为秋游被分到同一组而变得相互熟悉了些，但这也绝对不足以让一个整日手不离书的好学生跟着他翘掉四节课。

"你是不是也——我是说，"白熠将小碟子里的所有方糖都倒进了面前的咖啡里——反正到最后他也不会喝上一口的。他只不过是觉得既然樱桃真的跟着他出来了，那么他就应该带她去一个不算太差的地方，"你觉得，我爷爷真的是一个坏人吗？"

"你为什么不喜欢张心蕾？"

樱桃也不知道她为什么要问这个，大概是因为那些方糖在义无反顾跳进杯子里时溅了好几滴深色液体在托盘上——这让她想起秋游时张心蕾看到火苗蹿起而大惊失色的尖叫声。

　　"我为什么要喜欢她。"白熠很浅地皱了一下眉头——同桌几个月，樱桃已经看惯了他这副表情。这是他最常见的样子。但公平一点说，白熠并非在刻意针对什么，他只不过是习惯了用一种类似批判的心态游离在某种边界处。樱桃知道，这是他与生活相处的方式。

　　"总是大惊小怪、自作聪明。"他无意识地转动着手中那支精致的铁勺，"如果喜欢是加法，不喜欢是减法，那么我认为人与人之间相互为零才是常态——可她又吵又蠢，大小姐脾气也被长辈们惯得没边。我不喜欢的，她几乎占全了。不过，她也不是什么真的坏人。"

　　"所以你的意思是——"樱桃轻轻地歪了一下头，她的马尾有些松了，所以她干脆伸手将暗红色的皮筋给取了下来，"你宁愿喜欢一个迷人的坏蛋，也不要一个不喜欢的好人？"

　　白熠短促地笑了一下，他说："我不知道。"

　　"我也不知道。"樱桃这时才开始回答白熠的第一个问题，"因为我不认识你爷爷。"

　　"可是你看过报道。"白熠的眼神里有什么东西一闪而过，"其实真的没有那么不堪——是那个要动手术的人主动求着我爷爷主刀的，我爷爷也明说了他好几年没上过手术台了，可是怎么都推不掉，然后就，失误。那个人没有抢救过来。"他毫无遮拦地看着樱桃，下眼皮上那颗淡褐色的小痣似乎也跟着轻轻地颤动了一下，"我知道，除了这件事，压在我爷爷头上的还有受贿，拿回扣，让亲朋好友在医院里'走后门'——

反正自从那家人把尸体摆在医院大门口之后，我就听到了无数件关于我爷爷做的坏事。但其实不是那样的，记者们太夸张了，我爷爷没有那么卑鄙，他其实是一个很慈祥很能开玩笑的老人家，其实……”

“白熠？”樱桃的上半身下意识地往前倾了一点，“你不用跟我讲这么清楚的。我不在乎你爷爷是不是好人——我的意思是，我不是不尊重他，我只是……”

“我知道。”大概是说了太多话，白熠还是将那杯咖啡端到了嘴边。在冷气的催促下，它已经凉透了，刚喝一口，就苦到他舌尖发涩——真是，那些方糖干什么去了？

“对于我爷爷的事，你完全不在乎，也完全不关心，所以我才愿意和你说这些。”

接着，他似乎是有些不好意思地看了樱桃一眼：“我刚刚不是要解释什么，我就，只是想找个人说说而已——家里所有人都把我当小孩子看，他们也不愿意让我知道我爷爷现在到底怎么样了，不管我怎么问，都是一个好字搪塞过去。至于我那些朋友，更不用提了。”

“为什么？”樱桃问得无比坦荡，似乎是真的在向白熠请教一个难题，“他们怎么了？”

“我不知道怎么形容，就……突然很陌生。除了最开始客套的安慰和一些必要的交流之外，他们就好像再没有什么别的话要跟我说了——当然，其实我也不怎么愿意和他们说话。因为我不想看到他们在我面前那副小心翼翼的样子。简直莫名其妙。”

说到这儿，白熠的嘴角扯出了一个弧度，但是看起来并不是在微笑。

“家里一直在我面前粉饰太平，可外界又真真切切提醒我出了事情，而且还是一件很大的事情——我的朋友们都开始害怕我，或许事实更严重一点，是他们已经瞧不起我。所以樱桃，我爷爷真的是一个坏人吗？他做的那些事真的有那么糟糕吗？我好像有点看不清了。"

"可是，有那么重要吗？"

樱桃轻轻地嘟了嘟嘴，露出了一丝成年人才会有的漫不经心。

"是好人还是坏人，其实也没那么重要吧？反正这都是存在别人脑子里的印象，说到底是别人的东西，所以对于你爷爷那种人来说，应该不怎么顾忌吧，不然也不会去做那些事。我倒是不觉得有什么糟糕的，别人怎么觉得我就不知道了——毕竟'人不为已天诛地灭'嘛，一定是有什么好的东西，你爷爷才要去做的——可是你现在这么计较这些，到底是在为你爷爷鸣不平呢，还是说你只是单纯觉得他给你丢了面子害你现在过得很不好？"

"樱桃，你在说什么啊！"白熠有些不知所措了，樱桃的成熟和一针见血的确是他没有想到的——哪怕他从一开始就知道她和别的女同学不一样，"我怎么可能怪我爷爷？他是我最亲的家人，比我妈还亲的，我不可能——好吧，我承认我是有点恼火。"

白熠耸耸肩，将抹茶蛋糕推到了她的手边："我爸请的那个律师不是说要给被害人家属赔多少钱，就是谈我爷爷到底要怎么承担罪责——虽然做错了事该受罚，但樱桃，你不懂我那种感觉。最可气的是，那个整天在我爸面前长篇大论的律师昨天临时撂摊子不干了，他说这个官司太棘手。"

……

然后呢，樱桃记不太清楚了。

她也忘记她是怎么就将何昭森的名片给递了过去——为什么呢，是因为想给何昭森带来一个不错的机会吗？毕竟棘手的官司肯定等同于丰厚的回报。但，不是的。何昭森压根就不需要她这么做。

樱桃混沌漆黑的脑子里只有一处是光明的，有一道类似夏夜雷电的光无比清晰地照着那块地方——于童的手机备忘录。她总觉得，这其中说不定有什么关联或故事。她的直觉和那道光就是这么不讲道理——是它们让她从校服口袋里拿出了那张薄薄的名片。

不过幸好，白熠并没有开口问她怎么会随身携带这种东西。

"樱桃，你怎么了？"是何昭森的声音。

"什么？我……"樱桃的话被刀具掉落在餐盘中的清脆声打断，接着她后知后觉地发现，那把刀具，原本是在她手中攥着的，"我……"

何昭森盯着樱桃突然红到有些不正常的脸颊，神色也随之发生了一些变化："桌子上是不是有什么你不能吃或者过敏的东西？"

不能吃或者过敏的东西——樱桃费力地在皮肤突如其来的灼热和瘙痒中寻求着一丝理智。是，她想起来了，在呼吸这件事变得有些困难之前她想起来了，是佐料盘中的黑胡椒。在刚才，在何昭森低头为于童切牛排时，在她又一次在脑海中过了一遍那天下午的场景时，在包厢里蔓延着绝对的寂静时，她无意识地伸手让酥脆的薯饼蘸到了一口辛甜的黑胡椒酱。

其实，味道不坏，也没有马妈妈说的那么恐怖，甚至比想象中还要更好吃一点。

……

　　周遭的一切事物突然都变得可怕起来，它们摇摇欲坠，凶险万分，宛如蕴藏着无数暴风雨的辽阔海面——但这些还远远不够，樱桃甚至能明显地感觉到有一小片暴风雨提前入侵了她的身体，它在咆哮，在翻滚，在想着怎么搅乱与毁灭——终于，在她快要碎成粉末坠入海底的一瞬间，何昭森将她打横抱起，撞开了那扇如同冰山一般的玻璃门。

　　她被重新拼凑起来了。

　　哪怕她清楚她的心脏正在超负荷地艰难运转，哪怕她清楚她所处的世界依旧危险得不敢让人信任，但她现在躺在何昭森怀里，侧脸正摩擦着他外套的口袋——时间和空间钝重得像是失了真，而她滚烫的身体却开始变得轻盈。于是，她知道，她得救了……

　　因为他们从未如此靠近。

　　所以，老天爷，求求你，借我一点力气，真的，只要一点点。

　　凭着这一点点力气，我就能在这片难以忍耐的黑暗和折磨中睁开眼睛，我就能睁开眼睛好好地、仔细地看一看他，我就能一腔孤勇地将我的疑问向慈悲的你祖露无遗——是不是只要降落在这个怀抱里，我就能得到眼下那份正在感受着的，能长长久久活下去的，错觉?

　　老天爷，你可是老天爷，不能对生病的孩子撒谎的。

第十一章
DISHIYIZHANG

上帝的第二件礼物

在这个世界终于再度和平起来的时候，樱桃睁开眼，看见了坐在床边正在削苹果的于童。

"我不喜欢吃苹果。"

樱桃的胸腔里似乎还憋着一口没吐干净的气，所以这几个字被她说得又沉又哑。她仔细想了想，好像这么多年以来，她从来没有哪一刻觉得自己的声音有现在这么难听过，但是，也无所谓了，毕竟对于一个刚刚从鬼门关边上转了一圈的病人来说，这种声音，也不是不能接受。身体是最敏感诚实的东西。她清楚地知道在她昏睡期间她的病情发生了一些变化。

"什么嘛，"樱桃的眼神最终停留在一小片带着厚重果肉的果皮上，"都快削没了。"

"那我能怎么办啊——削轻了皮去不掉，削重了又带走了肉，但后者总比前者强吧。"

那块被樱桃盯着的果皮已经在半空中岌岌可危了，终于，在于童认栽似的叹气声中，它精准地坠入了正下方的垃圾桶，内套的塑料袋被砸得窸窣一响，就像是一颗石子投进了湖面。

"店子里卖的果盘怎么看都不新鲜，直接给你吃带皮的又怕你吃到蜡，医生已经……"于童手中的动作一顿，但很快将脸扬起，并且朝床上面色苍白的樱桃不满地皱了皱鼻子，"你也真是的，不能吃黑胡椒为什么不告诉我们呢？过敏性休克——你知道有多可怕吗？"

"我没想到要说，就给忘了。"樱桃近乎羞涩地一笑。

"笑，你还好意思笑呢。"

于童发誓，如果她现在没有拿着那个倒霉的削皮器和大半个伤痕累累的红富士的话，那么她一定要捏一把樱桃的脸以示惩罚——真奇怪。她在心里想，明明在半苏山第一次见面的时候还是一张娃娃脸，不，好像一直到被推进手术室之前，樱桃的下巴都没有这么尖的，它戳在雪白的床褥和她散开的黑发间，一副怡然自得却楚楚可怜的样子——看来那些惨白而密集的灯光不仅救了她的命，还将她整个人都洗涤了一遍。她甚至觉得，樱桃像个女人了。

"你知道当何昭森把你抱出来说要喊救护车的时候，我和宋颂吓成了什么鬼样子吗——好吧，其实主要是我，宋颂淡定一些，电话是她打的，因为我压根没法好好找手机。"

"对不起，于童姐姐，下次不会再让你这么担心了。"樱桃的睫毛轻轻颤了一下，原来那些在黑暗中朝她涌来的刻骨感受，真的都是真的。

于是，她问："那，何先生呢？"

"何昭森？"于童下意识地抬起眼睛看了看墙面上的时钟，还差十五分钟，就到正午十二点了，"不知道，但肯定是在忙。他最近应该接了一个很麻烦的案子吧，昨天下午四点左右你的手术才做完，然后他就立即赶回律所工作了，一直忙到很晚很晚才回家。"

　　"我……"樱桃这会儿终于将眼睛抬了起来，她看着于童，"是不是给你们添了很多麻烦？"

　　"说什么呢。来，吃苹果，对身体好，吃东西的时候就不会想一些乱七八糟的东西了。还有，等你出院之后我再带你去一趟宋颂的新店——不过你放心，绝对不会再有黑胡椒的。"

　　于童一边用力地保证，一边将苹果直挺挺地递了出去，但樱桃却没有立马伸手来接——没办法，她的右手正在输液，而左手被埋在蓬松绵软的被子下，现在天气越来越冷了，做这样的动作，总是需要几秒钟来拖沓的。于是，于童趁着这段空当期一般的缓冲时间，那位主治医师的话又不可避免地冲进了脑子里——其实她也没能把那些听来无比晦涩的专业术语记太牢，但归纳出来的意思不会差。总而言之，樱桃的病在恶化，并且前景十分不乐观。

　　"算了，还是我自己吃吧，这个都变黄了。"

　　就在樱桃触碰到苹果的前一秒，于童又心虚似的将自己的手给收了回来，接着她用力地啃了几口有些发酸的苹果，就像在为此刻突然无法直视樱桃澄澈的双眼这件事，寻求一个宣泄口："睡了这么久一定饿了吧？可医院的病号餐又不好吃。等等我，我现在出去给你买一点。"

　　白熠也没想到，他居然能在人群中第一眼就认出于童，哪怕他此前从未见过她。

关于于童这个人，白熠是在秋游的时候听樱桃简单说过几句。山中的夜晚远比想象中漫长，无尽而璀璨的星星就像一把被人抛散开来的碎钻——既然只有我们两个在这片静谧中睡不着，那么在相视的某一刻里变得熟稔一些，也是再自然不过的事情。樱桃告诉白熠，她之前待的地方叫作百水镇，那里的松涛比任何森林的呼吸都要美妙，而现在她借住在一个叫作于童的姐姐家中，她们不是亲戚，连最最远房的也算不上。

他还记得，樱桃在谈到于童时突然打了一个哈欠，生理性的泪水涌进她的眼眶，临时生起的一簇簇火在她纤细的脚踝边晶莹地跳动。

她不胖，但也不是特别瘦，说不上很好看，但也不是不好看，我有点不知道怎么形容。我语文不好的，你也知道上次考试我的作文只有二十几分，反正，如果你看到她，就一定能在第一时间里知道那是她——这是樱桃的原话。他一个字也没改。当然，事实也的确如此。

"你是樱桃的同桌，对不对？"

事情的发展有些偏离白熠的预料，他本来是打算继续在医院大门口等着的——反正他都已经等了快一个小时了，不在乎更久一些。于童的手里攥着一个孤零零的水灰色长条钱包，所以他猜她一定只是在附近买些东西。等她买完回来，他就可以默不作声地跟上她。

"嗯。"白熠下意识地伸手摸了摸自己的鼻尖，横空而生的对话让他不是很自在。

"你就是那个白熠呀。"于童的眼睛在扫过蓝白相间的一中校服以及那块四四方方的校牌之后又重新回到了对面人的脸上，真是要命，她仰起了脸，男孩子这个物种为什么在十来岁的时候就已经这么高了呢。

"一点都不像火字旁该长的样子，竟然一颗痘痘也没有，白白净净的，就跟樱桃一样——你们俩坐在教室里，应该就像两瓶子固体牛奶吧？"

于童说完就笑了起来，但白熠却觉得她并没有真的很开心。

"樱桃她——"

"她很好。真的。"也不管白熠到底是想说些什么，于童就已经急吼吼地用一句左右都错不了的话堵上了他的嘴，"本来就是一个小手术，再休息个几天就能出院了，没有什么大问题的。真的，你不用太担心。"

她一边飞速地解释着，一边又在心底暗暗地叹自己不争气——这么欲盖弥彰是怎么回事呢。看来何昭森说得没错，她的确没办法变成一个正常的大人，因为她实在学不来那种充斥着疏离和无谓的淡定。好像不管遇上点什么，她的反应永远都是要掏出全身力气应战才可以。她记得，在何昭森这么说的时候，她还故意用嘴角的牙膏泡沫蹭了他一脸，然后他笑笑，说他喜欢她这样。但这样，其实并不是一件太好的事吧——至少在白熠这个陌生小孩儿面前不是。她也清楚的，她刚刚那个样子，实在是有些丢成年人的脸了，不过白熠没有什么反应，他依旧一脸平静地看着她，似乎还在等待着她的下文。

"怎么——"于童偷偷地松了口气，决定将话题暂时引开，"你逃课出来看她的呀？"

答案很明显，但白熠摇头否认。他说："不是，就……顺便。我家离这儿不远。"

"什么嘛，小屁孩。"

联想起之前宋颂说的话，于童一直挂在脸上的笑意突然就变得真实起来——有一个气泡轻飘飘地炸开在了她柔软的心坎里，是浑身粉红的，酸甜可口的，带着清香的，青春二字。

虽说别人眼里的于童正是一个二十来岁的好年纪，但只有她自己知道，眼下那种带着粉笔灰和无数节课堂的青春，早就和她决绝地说了再见了——所幸上苍有好生之德向来不赶尽杀绝，就算无法再亲身体验一遍，她也可以摆出过来人的姿态收看一下最新的爱恨情仇嘛。

"知道了知道了，"于童笑得眉眼弯弯，"你来看我们家樱桃绝对是顺便，你家绝对就住在离这儿不远的地方，我都知道的——你这个年纪的男孩子，没了面子就活不下去嘛。"

"我十六了，不是小屁孩。"白熠把眼神别开，"既然樱桃没事的话那我就先……"

"哎，别……别呀！"于童几乎是下意识地就用钱包拦住了正准备撤退的白熠，"好吧好吧，你是大孩子，那你帮我一个忙行不行？我昨晚上守樱桃守到凌晨两点，今早上八点钟就又过来了，现在特别困，真的——你行行好，帮我把等会儿给樱桃买好的午餐带给她好不好？她在住院部901，B床。作为交换条件，我请你吃冰激凌吧，天气凉的时候吃冰激凌才最爽。"

何昭森离开病房的时候，枯黄的叶子在他背后被风吹得哗啦作响。

他是特意从律所赶来带于童去吃午饭的，当然，如果碰得着那位戴着金丝眼镜的老教授，那他也会再一次诚心询问樱桃的病情，是不是真的已经成了不可逆的定论，但前来巡房的护士满脸遗憾地告诉他，一直陪护着 B 床的小姐刚出去不久，而教授今天也没来医院。于是，他只能潦草地看一眼似乎仍在酣睡中的樱桃，并顺手将路上买来的糖炒栗子送给了 C 床的小朋友。

早三分钟之前，他就发现有人站在走廊上盯着他看了。

哪怕隔了一道厚重的隔音玻璃，那目光也依旧没有丝毫马虎的意思。

"我——我爷爷在看守所过得好不好？"

率先打破沉默的人是白熠。他站在原地，用了很大的力气才对上何昭森的眼睛。

"不算坏。"何昭森倒不怎么意外，因为他认得白熠的脸——在白熠爸爸的手机屏幕上。虽说这个案子的被告人是白楚贤，但和他沟通做得比较多的其实是白楚贤的儿子，白晋霖。

"真的吗？"白熠也说不上为什么，他总觉得眼前这个何律师比上一个要靠谱得多——这是在樱桃给他递名片时他压根没有想到的。但话又说回来，他好像到现在都还不知道樱桃和这位何律师之间的关系。想到樱桃，他的眼神不自觉地又往那块透明的玻璃处游了过去。

"我没有必要骗你。"何昭森看了眼白熠一直提在手里的食品袋，不动声色地往旁边挪了一条道出来，"樱桃现在睡着了。不过，你可以把餐盒交给护士。"

"等等！"

就在何昭森开始往电梯的方向走去时，白熠却像突然想起什么似的又赶忙追了两三步："我知道很奇怪，但是我还是想问问我爷爷开庭的日子。因为我爸妈什么都不肯告诉我。"

"下个月初七。星期一，早上九点半。四楼，靠左边的第一间。"

也许是何昭森详细的回答给了白熠莫名的信心，于是，他接着问："那我可以来看吗？"

"这个我没办法回答你。"不远处的电梯升到了九楼，何昭森看到它敞开了那两片像是铡刀一般的，闪着银白色光泽的怀抱，"我告诉你只是觉得你作为家属应该知道这些，至于你能不能来看——这是你的意愿自由，以及你家里的协商结果。"

"好的。我明白了，谢谢你。"白熠顿了顿，在一片类似电话被意外挂断的寂静声中，他觉得他应该再说些什么才对，"那个，我是樱桃的同学，我叫白熠，是白楚贤的孙子。"

何昭森没什么表情地看了白熠一眼，然后才点头笑了一下，他说："我知道。"

是两条杠。

于童有些颓然地坐在马桶上，将一次性手套连带着那根验孕棒一起丢进了脚边的垃圾桶。现在还不到早上七点，卫生间窗外的那一小片天空暂时还算不上明朗，它们黏黏糊糊地搅在一起，既像灰蓝又像深黑，她看得久了，就真的有些分不清那到底是个什么颜色了。不过，也不要紧，反正天色比她刚进来的时候要透彻一些了。就好像她刚刚扔出去的东西不仅砸进了垃圾桶，同时也在暗沉的天边凿出了一个细小的口子。它一点一点、无声无息地偷着日光，然后，她后知后觉地发现，原来日出长得和夕阳差不多。

她也记不清这些天到底用掉了多少根验孕棒了——除了最开始因为太紧张而试验无效或试验失败的那几次之外，剩下的，都是一样的结果，两条鲜红的杠。

这意味着什么呢。于童有些难以置信地，用自己微微颤抖着的左手，覆上了自己的小腹。

门外突然响起了一阵由远及近的脚步声，于童一惊，几乎是做贼心虚地看了一眼满地的狼藉。

"何昭森，你别进来——"这一声喊得又大又急，她差点咬到自己的舌头。

"嗯？"何昭森皱着眉，尾音喑哑不清地往上扬了半个度。本来因为最近频繁加班而缺失了一大部分睡眠时间，加之这几晚的于童又总是在辗转反侧，于是连带着他也没能够休息得太好，"怎么了，我得洗漱一下去上班。"接着他看了看厨房，"要不要给你做早餐？"

"不、不要。我不吃早餐。"于童非常拼命地摇着头，但与此同时，她又能明显地感觉到脖颈以下的部位僵硬得不行，"你今天去那个小洗手间吧，不要用这个。好不好？"

何昭森的手指绕上了冰冷的铝合金把手，却不急着往下扳："那我进来拿一下我的牙刷。"

"别，别，你别进来拿……"于童一边不留余地地拒绝，一边紧张地与洗手台上那支白色的电动牙刷两两相望，在樱桃住院的这段期间，何昭森晚上都和她一起睡在了主卧，为了方便，一些洗漱用品也慢慢地搬了过来，"你今天只能用冰箱里那几支一次性的。"

"怎么了，于童？"何昭森的声音忽然变得清明起来，"你在里面干什么？"

"没有，我只是……只是肚子不太舒服。"于童咬了咬下嘴唇，这应该不算撒谎吧?

"是吃坏了东西还是因为——"

"不是,都不是,其实我……"于童的声音越来越小,到了后面干脆闷在了嗓子眼里。

她是说不出口的。

这跟验孕棒的准确程度以及那些含羞带切的惊喜都没有关系,她就真的只是不知道该怎么跟何昭森开口而已——有一个小家伙招呼也不打一声地就住了进来,他有血有肉地与她在同一方狭隘中紧密共存。他会长高、长大,甚至变老。他的一生或长或短,但一定会拥有好几段每次一想起来就陶醉得不得了或者恨不得跳脚大骂的日子,可不管怎么样,最终他还是会发现其实他热爱着生活——所以说,他怎么能随便得像是一颗蒲公英种子似的吹到哪儿就算哪儿呢?难道都不要挑一下出生地的吗,万一以后他觉得这里很糟糕的话又该去找谁算账呢?

是,她的确在害怕。

她既没有为人母的准备,也十分抗拒传闻里分娩的疼痛,但是最令她感到害怕的,不过是小家伙不够像何昭森而已——何昭森的孩子,就应该像他一样优秀且傲人的。可是万一像她一样又笨又倔连一件像样的事情都办不成呢,万一遗传到她偶尔失眠的坏毛病而变得不够健康呢,万一所有的人都对这个孩子感到失望,甚至连何昭森都耐心耗尽想要放弃呢……

那股所谓的颓然,源头无非就埋在这里。她不够好,说不定还会殃及到何昭森的孩子。

想到这儿，于童突然鼻子一酸，但她又不愿意让眼泪流出来，所以她只好咬紧牙根，用力地盯着那扇门，以及门后的何昭森——她看不见他，但她知道他就站在那儿。

······

"于童？"何昭森的声音再次响了起来，"要不我带你去医院看——"

"用不着去医院的，就只是一点点不舒服而已。我等会儿睡个回笼觉就好了。"

其实早在几天前，她就预约好了妇产科的门诊和检查，为了将这件事完全秘密化，她还特意挑了一家离何昭森律所比较远的医院，时间段也挂在了十点半左右——这是每一个上班的人上午最为忙碌的时候。她得确保何昭森和宋颂不会临时起意来找她。

"对了，何昭森，你今天什么时候回来？"保险起见，于童还是在小心翼翼的追问后加了一个不算太蹩脚的理由，"我想吃中心小学门口的糖炒栗子了。上次没吃到的。"

"我尽量下午四点之前赶回来。"何昭森无意识地摸着自己的后颈，顺便再看了眼不远处的挂钟，"有个案子快开庭了，所以我今天得再去一趟看守所。栗子的话，两斤够不够？"

栗子、红薯、玉米——天气一冷，这三样东西就在于童眼里变成了最为迷人的存在。

于童一边费力翻找着包里的硬币，一边胡乱地感叹自己真会选日子——看守所建在旧郊外，光是一来一去就得花掉不少时间。看来她今天是彻底不用担心脑子里曾设想过的一万种意外了。何昭森是不会在这方面骗她的，她有这个自信。

"老板你等等，我真的有零钱的——"今天的天气大概是近来最好的一次，于童只穿了一件带绒的薄外套竟也不觉得冷，金灿灿的阳光洒进她咧着一个大口子的皮包里。终于，她的指尖够到了一个冰凉又坚硬的物体，"我就要一个小红薯，最小的也可以。"

反正我现在又不饿，美味和温度只不过是拿来壮胆的。她背对着门诊楼，在心里微笑。

"那就这个，怎么样？这次的红薯很好，小个头尤为甜。"老爷爷戴着厚厚的棉手套将一个憨头憨脑的小家伙从热气逼人的铁炉子里给拎了出来，"小姑娘是来看病的？我瞧着气色还挺好——不过年轻人也的确该多多注意身体。对了，你吃红薯要不要勺子？我这儿有。"

于童发誓，她先前提到的那一万种意外绝对不是简单地在她脑子里过过而已，因为她甚至将上周末在超市一个劲给她和何昭森推销新口味酸奶的贩卖员都给算了进去——关于贩卖员到底是齐刘海还是斜刘海，她都认真地想了五分钟。她自认为她已经把所有可能的人都编写进意外中并想好了完全的对策。可真实的生活永远都出乎意料之外，却又不给予绝对的惊讶感——她从来没想过会在这里遇见周淮南，但仔细一想，遇见了，也不是不可能。

周淮南在五楼的走廊上排队接纯净水，细长匀称的手指非常随意地扣着一个雪白的纸杯。一波人潮消退，他自然而然地就看到了站在楼梯上的于童。于是他挑了挑眉，冲她一笑。

"脏死了。"于童在周淮南朝她走过来的时候，轻声地嘟囔了一句。

周淮南依旧在笑，然后他伸出手将一直用嘴咬着一角的挂号单给拿了下来——他知道于童是在说这个。

　　"好久不见。"他说。

　　"好久不见——好像的确是有段日子没有看见你了。"由于地形优势，于童这次终于可以不那么吃力地就看全周淮南的脸了。他今天穿了一件橄榄绿的连帽卫衣，刘海也稍微修短了一点，总之，在这堆看起来满脸愁云饱受病痛折磨的人群中，他简直蓬勃潇洒到不像话。

　　"你在这里干什么？"话一出口，于童就有些后悔了，因为她已经看到不远处那块电子屏上的底下浮出了周淮南的名字，五楼——接着她扭头往指示牌上看了一眼，是骨科。

　　"老毛病中的小毛病。"周淮南似乎一点也不觉得刚才的问题愚蠢，只不过他眼角眉梢惯有的那几分自在和闲散依旧让于童觉得有些不服气，"最近腿上几个小关节一沾水就疼。"

　　"可是一中的游泳课上个月底就已经完结了。"这是樱桃告诉她的。

　　"小姐，你听没听说过什么叫作主观能动性？"看吧，于童闷闷地想，这个人就算许久不见也还是很欠打，"就算荷花池和一中体育馆都没有了，我也能找到一个能让我游泳的地方的，不然每天泡在自己家的浴缸里发呆——这听起来也太像个智商不足的变态了。"

　　"那不然你以为你能好到哪里去？"这回终于轮到于童笑了。

　　"你呢，怎么回事？"

　　周淮南轻轻地扬了扬下巴，其实他早就看到于童手里攥着一张比挂号单稍微小上一些的预约单了。本来一开始就想拿过来看看的，但最终还是没有这么做，因为于童十分钟之前的脸色并不是很好——现在好不容易拐着圈子哄高兴了，是不是就能放心大胆地仗着身高优势抢过来然后再举到她够不着的地方了？看来铃铛妹的社会行为学果然没有白念，她早就咬着笔杆子控诉过一屋子的人类——你们呀，迟早有一天毁在永不知足得寸进尺上。

"喂，别在楼梯上蹦来蹦去，你拿不到的。好了，再往里面站一点，我们好像挡着别人的道了——我都把我的病告诉你了，所以咱们公平一点行不行？我就看看，说不定……"

但，没有什么说不定。周淮南的眼神在锁定了"妇产科"三个字之后就再也移不开了。

他有一瞬间的愣神，但谢天谢地，等他反应过来的时候还是笑着的，尽管他能明显感觉到他的五官以及那只刚刚将于童往角落带了一些的手臂已经开始趋向于一种类似僵硬的状态了。那就这样吧，既然快要动不了了，就直接干脆地放弃好了，就任它结出一层厚厚的冰面好了，这没什么大不了的——反正今天立冬，就当作应一应老天爷的景了。

"你一个人来的？"他将眼神一点一点挪回了于童的脸上。在此刻，这才是最重要的。

"一个人又有什么关系，是我自己非要一个人来的。"

在等待检查结果的途中，于童和周淮南面对面地站在妇产科外的走廊上，她看了看路过的夫妻，又看了看半敞的窗户，实在没东西可看了就把眼神牢牢砸在那几块白底蓝字的提醒牌上，总之，就是不看周淮南。

"我又不害怕。"她咬了咬下嘴唇，像是在和什么人赌气。

"这跟害不害怕有什么关系？"快到十二点的阳光耀眼得一塌糊涂，周淮南挑挑眉，就近挑了一个空位置坐下，"我的意思是，你们女孩子不是连去个洗手间都得成群结队吗，所以按照这种特殊的逻辑来算，来医院这件事就更不该落单吧——比如一个跟我不怎么亲的表姐，后来嫁到了我之前搞训练的地方。有一次做产检撞上了她老公出差婆婆旅游，所以她打车到了我们队说怎么着都不能一个人去，结果正好被我总教练看见了，老头子气得跳着脚骂我怎么这么不负责任——拜托，我怎么会喜欢我表姐？从小就爱跟我抢电视遥控器。"

"失敬失敬。"于童也跟着坐了下来，"原来你是专业陪护。"

"哪里哪里。朋友打八折，亲戚打五折，你的话——"周淮南一笑，"免费好了。"

"请问哪位是 39 号于童于小姐？"一个长得十分素净的护士突然出现在拐角。

"我、我是。"于童像小学生回答提问般将右手怯怯地举了起来，接着她起身，开始朝着那个护士走去——眼下是一天中人最少的午休时间段，所以走廊变得又短又顺畅。但就算如此，于童也还是觉得她的步子迈得跌跌撞撞。这不是最开始领着她去做检查的护士。

"你的血 HCG 检查结果出来了，现在去刘教授办公室吧。"护士看了看于童，又看了看随着她一块站起来的周淮南，最终还是将善解人意的笑容投进了于童眼中，"我是心脏内科的，过来给几个同事送午饭而已，刚好到你了，所以我出来喊一下。别紧张。"

"那个，我还是想先问问——"于童还是觉得不放心，毕竟她在预测极坏的意外这件事上天赋异禀，"我的检查结果是不是很糟糕？"说罢，她看了一眼护士的工作牌，她叫作安宁。

"别担心。"安护士将脸面向于童，笑意变得更加温柔，"妈妈们是被上帝保佑的存在。"

大概是过了一个小时，又或者是两个小时，总之，等到身体里那层浅薄慵懒的倦意随着再度拥挤起来的走廊而消退时，周淮南才看到于童从那两扇完全敞开着的玻璃中走了出来。

"怎么拖了那么久，"他迎上去，却猝不及防地撞上了于童发红的眼眶，于是残存在他呼吸里的最后一丝瞌睡也被彻底击碎。他看着她，费力地吞下了一口唾沫，"一切还好吗？"

"周淮南。"于童一张嘴，酸涩的眼眶里就迫不及待地涨满了潮水——天知道她花了多大的力气才在刚刚那几个医生护士面前忍住眼泪，"你们运动员，能不能喝酒的啊？"

"我们以前熬夜看球赛的时候偷偷喝啤酒，被总教练拿鞋底抽了一顿。"周淮南一边笑，一边将目光缓缓放在了于童正紧紧攥着病历本的右手上，"但如果你约我，也不是不可以。"

于童的酒量比周淮南想象中要好很多，至少两瓶啤酒见底了她的神色都没有什么异样。

"哎，我问你——"于童的玻璃杯里已经没有酒了，只剩下一堆拥挤的奶白色泡沫还在前赴后继地嗞嗞炸裂。她把它往桌子上一搁，在两样器皿相撞间像是婴儿一般打了一个小小的嗝，"你上次，不对，是上上次，你说你找到了美人鱼，对吧？"

周淮南点了点头。他们现在坐在一家很特殊的清吧里——早上七点就开始营业，主打一日三餐，要一直到晚上八点之后，才变成一个清吧该有的样子。地方是周淮南选的，因为他觉得于童现在应该好好吃点正经的东西，不过他点了一桌子菜，她却只顾着喝酒。

　　"对。"见于童对食物兴趣不大，周淮南也懒得动筷子，"怎么了？"

　　"真的假的？美人鱼——不可能吧？"到底是酒精在作祟，于童眨眼睛的速度都被生生地拖慢了几毫秒，"你一定是骗我的。对不对？周淮南，你不够意思。"

　　"是真的。"周淮南有些出神地盯着于童微微嘟起的异常水润的双唇，"只不过她现在看起来——算了，等下次吧。说不定下次我就可以介绍你们认识。"

　　"那好。我会喜欢她的。"她软软地笑了一下，脸上有两块酡红，"还有，我告诉你，其实我一点都不喜欢灰姑娘和白雪公主，因为她们两个的运气明明好到令人发指。"她似乎是真的在计较，但转眼间她又明快地看向了不远处的服务员，"帅哥，我还要三瓶……"

　　"要什么要。"周淮南一把按下于童那只高过头顶，现在正在半空中挥舞着的右手，她看起来的确很高兴，但这是那种只要喝了点酒的人就都能尝到的高兴——空空荡荡的，没什么理由的高兴，"吃点东西行不行？小姐，现在不流行孕妇酗酒。差不多就得了。"

　　于童难得地没有挣扎，也没有反抗，甚至连一丁点反应都没有。她只是呆呆地看着周淮南。

　　大概过去了两分钟，她的眸子里突然泪光一闪，她说："可是这个孩子，我留不住。"

"给你说说我老公吧。"于童的胳膊肘抵在餐桌上，下巴则安安稳稳地搁在了两个手掌间——其实她也不是故意要选一个这么少女的姿势，只是她刚刚呼气的时候才发现这个动作做起来竟然意外地省力。那就这样吧，毕竟她接下来要说的故事长着呢，能省一点是一点。

　　"能不能饶了我，准我说一个'不'字？"周淮南看着她。

　　"不能。"带着醉意瞪人的于童不仅没有威慑力，反而像是在撒娇，"你必须听我讲。"

　　于是周淮南就这么妥协了。他一边替自己满上一边想，其实听一听，也没什么大不了的。

　　"他比我大两岁。我是在我爸爸去世后的第一个冬天搬进他们家的。"于童知道自己正在不可抑制地微笑，"最开始他可冷漠了，完全把我和我妈妈当空气。所以，十岁的我就很不服气，不就是一个六年级的升旗手嘛，每天扮酷给谁看啊。但那时候的我既不爱说话也不爱笑，也许就是传说中的自闭症吧——是他主动来跟我示好的。然后接下来的那几年我真是过得特别——怎么说呢，应该是无忧无虑吧。对，就是无忧无虑。"

　　"可是我很笨。"于童长长地叹了一口气，"我这个笨，不是指一道数学题他得教我二十遍——毕竟台灯下的他那么好看，谁能安心听讲啊？我的意思是我根本就没有去想过别的事，比如说为什么我妈妈要带我住进他们家，而他又为什么要突然转变对我的态度，我甚至还觉得这一切都非常正常，非常自然——所以，最后还是只能由他来告诉我正确答案。"

周淮南稳稳地接住于童看过来的眼神，但其实他知道，她并不是在看他。

"他说他要报一所最远的大学，因为他受够了。他告诉我，他之所以对我那么好，不过是因为也想让我尝尝被毁灭的滋味。因为他爸爸在他和我妈妈中间毫不犹豫地选择了我妈妈——他那么骄傲的人，受不了这种完全不经过痛苦思考的选择。他觉得这就是背叛，这就是抛弃。他那些委屈、那些怒火和仇恨统统得不到发泄，所以就只能把目标定在我身上。"

"他让我对他和他带来的一切都深信不疑之后，再狠狠地给我一巴掌——又坏又聪明。"

听来有些凄惨，但周淮南发现于童此刻的笑容很纯粹，是一种类似沉醉的甜美。

"接着，我们之间就没有'和平'二字了。我用世界上最难听的话骂他，用各种能伤到人的东西砸他，一见到他就忍不住要嘲讽他——其实，我也没有那么恨他的。然后我们就，稀里糊涂地领了证。"

"这也能行？难怪你那天要逃婚。"周淮南拿起筷子翻了翻面前的西兰花，但最终，还是将它们全部放了回去。

"才不是逃婚。哪怕出了这么多奇奇怪怪的事，我都一直很喜欢很喜欢他的。"于童用力地将那几个涌着酒精味的嗝给压了下去，"我知道我这么说也许没有人会信，毕竟——但结婚那天我就真的只是脑子一热觉得很闷所以想出去透透气——谁知道之后会迟到那么久。"

"然后呢，他对你好不好？"他问。

"好，很好，特别好。"于童毫不夸张地连跃了三个等级，"哪怕就是在我们吵得最凶的那段时间里，我也知道，其实他对我不差的——他比我聪明，又是男孩子，不存在说不过我打不过我，就只是在让我而已。而且他还帮过我好几个忙。虽然我凶神恶煞的满脸不愿意，但其实心里还是——算了，太肉麻，我不想讲了。"接着，她一笑，"至于现在，我也不清楚别的夫妻是怎么相处的，但要我就这么和他过完剩下的人生，我也没什么要反对的。"

周淮南没有回话，只是一口气将杯子里的酒全部喝完了。

他看着她，突然就想再喝一杯，可眼睑一垂，却发现已经空空如也。那瓶他根本没打算让于童碰的洋酒也跟着其他啤酒一块见了底，透明厚重的玻璃瓶身里只剩下了两片薄荷叶，以及三颗泡到烂熟的青梅——奇怪，她到底是什么时候把这些统统喝完的？

"既然这么好，那你还在怕什么呢？"他刻意将目光移开，这一桌子菜，已经凉透了。

"我、我……"于童的笑容越发软绵了起来，她知道其实周淮南是看得出来的，所以她才愿意趁着酒劲跟他讲这么多，"他很好，对我也很好，一起过下去也很好，唯一不好的，就只有我了，所以我害怕……"她一边说，一边任由身体被抽掉力气似的趴下来。因为找到了一个更省力的姿势，所以她的眼泪在这一刻终于如释重负地涌了出来，它们争先恐后地离开眼角，翻越鼻梁，经过脸颊，最后跌落在桌面，"医生说宫外孕是一定要做手术拿掉的。"

"本来我就不知道怎么跟何昭森开这个口，现在好像变得更难了。

我为什么总是这……"

接下来的话，周淮南就听不清了。

不知道是因为今天做的检查让人过分疲惫，还是因为刚刚那些酒的后劲太大，她的声音越来越小，几近耳语，到了最后，彻底由她还算匀称的呼吸声取而代之。

大概是睡着了吧。

周淮南的指尖微微颤抖着，想要替她抹去那颗挂在她鼻尖上的泪珠子——事实上，他也的确这么做了。动作很轻，但睡梦中的于童却依旧不满这种外界的打扰，于是她不悦地皱着眉头哼了一两声，带出了更多在她清醒时没有来得及面世的眼泪。

"你啊你。"他看着于童，本来打算笑一笑的，却没有成功，"怎么睡着了还哭呢。"

第十二章
DISHIERZHANG

我愿你是个谎

　　离案子开庭只剩下两个星期的时候，白晋霖站在了何昭森的家门外。

　　"您怎么过来了？"何昭森有些意外地停下了正在扣西装外套的手，"不是约好三点在上次那家茶馆见吗？"然后他看了看手腕上走时精准的机械表，现在才两点半不到。

　　"我从看守所回来的路上接到我妻子的电话，她说今天茶馆关门了，也许是在搞装修。"白晋霖在大学里任教中国文学多年，说话的语调是一贯的温吞平稳，"本来想立马打个电话告诉何律师一声，结果一抬头发现车子刚好开到了你家附近，所以就直接上来了。是我唐突。"

　　"没有。"何昭森身子侧了侧，示意白晋霖进来说话。

　　"不，不，这太麻烦了，公事没道理往家里带。"白晋霖摇了摇头，他有着许多他坚持而旁人却觉得迂腐且无聊的东西，"还是再选个地方吧，何律师也不用开车，我来负责接送。"

　　"没关系，白先生。"何昭森弯腰，从鞋柜里取出了一双拖鞋。他能明显地感觉到白晋霖对他有一种莫名的拘谨与感恩——或许也不是莫名，毕竟的确没有几个律师愿意在时间如此仓促的情况下去接手白老先生的案子。"我偶尔也会在家里招待当事人。"他这么说，无非是想让现在正在换鞋子的白晋霖看起来更加自在一些，接着他才后知后觉地反应过来，所谓的"偶尔"，其实也只存在于他一个人住在这房子里的时候。

"您要是对案子还有什么疑问或者想法的话，都可以跟我说。还来得及。"

哪怕知道今天下午的于童和樱桃都不在家，何昭森也还是习惯性地将书房的门给带上了，接着他走过去，将刚刚泡好的茶放在了白晋霖的手边。

"这里也有大部分资料的备份，要拿过来看——"

"不，不用了。之前都看过了的。"白晋霖有些局促地连连摆手，"术业有专攻，我是充分相信何律师的。"其实到现在白晋霖也不清楚为什么某天放学回家后的白熠会递给他一张律师名片——何昭森。这名字，之前有人给他推荐过的，但一来年纪太轻难免经验不足，二来咨询到的结果是何律师正忙着一个标的额巨大的知识产权案，所以他干脆放弃了这个人选。可没想到，一波三折后，还是交到了对面人的手上。白晋霖想，临危受命，或许也就是这么个意思，"这次见面其实没什么要紧的事，就只是，我不太放心我爸，毕竟他岁数大了。"

"我可以理解。"何昭森顿了顿，"许多当事人以及当事人家属在开庭前——"

"其实我觉得，这到底是有些不一样的，何律师。"白晋霖突然觉得有些事情还是需要区分清楚的——哪怕要用上最为原始和笨拙的方法，"虽然你说你可以理解，但你的理解和我的理解，肯定不在同一处地方。因为对于何律师来说，这只是关乎工作收益的项目之一。出于职业操守，你会尽力，却不会拼命，你也不会在意在这场判决下来后世人将会怎么看待我爸，而他在之后很长一段时间里又将过着怎样的生活——因为他仅仅只是你过去式的当事人之一。至于其他当事人，我一般都会告诉我的学生们，类比其实并不是那么可靠。"

"白先生，您是中文学的博士后，那么我想您应该很清楚'感同身受'这四个字，本来就只存在于词典中。"何昭森的眼神落在了那些彻底被泡开，从而缓缓往下沉的茶叶的身上，"但不管怎么样，我都是以一个专业律师的角度来对待所有事情。当然，也只是一个律师。"

"是，何律师说得没错。"白晋霖一边点头，一边端起了面前那杯已经不怎么烫嘴的茶杯，"刚刚那番话，我的确过于主观了，还请何律师不要介意，就当作白某是在关心则乱吧。我爸这辈子就我这么一个儿子，我耗费了他太多的心血与时间，可如今我能为他做的却是如此有限——"说罢，他低垂着头，轻轻地苦笑了一声，"看来我妻子说得对，百无一用是书生。"

何昭森不再出声，他只是沉默地想，那个叫作白熠的孩子，和他爸爸一点都不像。

"其实准确地来说，是现在只有我这么一个儿子。"白晋霖再度出声，搅动了房子里蔓延着的寂静，"我上面应该还有一个哥哥的。只是小时候家里太穷，爷爷又好赌，偏生还手气不好，借的高利贷总还不上，所以那帮人用我哥哥作人质，可家里依旧拿不出，所以——这件事我也是听我二舅母说的。我出生之后，家里情况要好一些了。"他笑了笑，"但也仅仅只是好一些。那时候的医生听来气派，但其实赚不了什么钱。我爸还一直送我念最好的学校、最好的班级，每个月还得还我爷爷之前欠下的钱。"

"之前在看守所进行会见的时候，白老先生也和我聊过一些。"何昭森没有什么多余的表情，"他说您很聪明，大学也是念的医科，只是后来快毕业的时候迷上了文学。"

"就算是白某致敬鲁迅先生了。"白晋霖开着玩笑，眼神却变得有些微妙，"但说来惭愧，我并不是迷上文学，只是当时太急了些——在逃了大半个学期的解剖课和临床课之后我终于肯承认了，这辈子，我是再也没办法继续念医科的。因为我根本不敢去碰那些手术器具。"

"您有这方面的恐惧？"何昭森问。

"差不多吧。"白晋霖讪讪地笑了一下，眼角处堆出了几条细小的纹路，"在这点上，我和我爸说不定是相似的——我不知道他有没有告诉过你，这次事故，其实是他从医至今的第三次主刀。"但不等何昭森有所反应，白晋霖又接着说，"我爸不算什么正规医科学校毕业的。何律师应该也知道，在那个年代是非常难的。他最开始是跟着村里的赤脚医生打下手，当然，只是为了赚点钱而已。后来，我也不知道怎么回事，我爸就在我妈的鼓励下报了一个培训班，然后就拿到了去城里医院上班的资格。"

"行医这么久，为什么白老先生只有三场主刀经历？"

何昭森这时候才想起来，他在收集资料的时候，着重查找的是白楚贤的事故记录，而整体履历只是稍稍翻看了几眼——因为的确是没有什么问题的，包括事故，也是第一次出现。

"大概就像何律师刚刚所说的，恐惧吧。"

白晋霖轻不可闻地叹了一口气："我现在已经是个完全的外行人，所以天赋之类的不敢说，但我爸的确一直以来都是对中医更感兴趣。何律师之前去过我家的，应该看到了满是药材的后院——都是我爸一个人打理的。我记得他第一次拿手术刀的时候还跟着那位赤脚医生，也许是太紧张，病人的左手尾指因为我爸的失误而没能留住——自然是赔了一笔钱的。虽然那位病人没有什么过激的反应，但我爸似乎受到了很大的打击，从此就……总之，不到万不得已，他是真的不愿意主刀。这次事故何律师也是清楚的，患者求着我爸，他实在……"

何昭森的眼神慢慢地凝结了起来："那，第二次主刀呢？"

"我可以相信何律师吗？"白晋霖虽然这么问，但答案早已在心间不言而喻，"这些事，我从来没有和任何人说过，包括我爸——这也是我当年为什么执意要换专业的原因。"

其实接下来登场的往事，也称不上有多复杂。

那一年刚刚开春，白晋霖就因为成绩优异而获得了医学院公费留学的资格——塞纳河畔的晚风令人心驰神往。但白家在喜悦之余，却不得不面对一个现实——堪堪还清的上一辈负债，添置不久的新房，以及刚升为主任但因为从不主刀所以只领着基本工资的白楚贤，这一切，都让白晋霖的异国求学生涯变得缥缈起来，家里似乎拿不出充足的生活费。

但机会往往也是这种时候悄然而至——至少当时没有人能看出藏在这之后的危险性。

　　"我爸觉得他可以试试，因为那个手术的难度并不是特别大。"

　　白晋霖缓慢地说："可我爸到底还是有一些底气不足，几处完全不应该存在的失误都被他——总之，患者刚刚推出手术室的时候看起来还好，家属也十分阔绰地给我爸打了一个大红包。但我爸清楚，那几处失误迟早会在术后恢复中显露出来，所以那段时间里，他过得很煎熬，同时也在不停地想办法——红包是绝对不能退的，我妈甚至都将那笔钱存入了以我的名义新开的账户下，那是我去法国学习的生活费以及房租。而且如果患者家属因为失误这件事闹到医院去的话，那么我爸可能连一个主任名衔都保不住了，所以他……找了一个学生。"

　　"找了一个学生？"何昭森下意识将眉头轻轻地皱了起来。

　　"我爸当时带着两三名来医院实习的研究生，但是带进那场手术室的却只有一个男生——显而易见，因为他最优秀，所以我爸才带着他进去的。他大概也想不到，优秀，有时候也会是一个致命的靶子。"白晋霖一口气喝干了面前已经凉透的茶水——他很少这般粗鲁，"我爸跟那名男生讲了当时我家里的窘境，同时也保证了那些不可准确预知的隐患，其实，都是由非常小的失误造成——万一医院真的要下达处分，他也一定会给那个男生最好的实习成绩。"

　　"那个男生同意了？"何昭森看着白晋霖，他知道，故事的转折点来了。

　　"哪里有不同意的道理呢？"白晋霖牵强地笑了一下，"师生也好，领导也罢——这种绝对阶级般的关系，哪里有什么真正选择的余地？我在法国那几年，蓝眼珠子教授总是喜欢以'能不能'的句式来与我对话——答案当然是能。就算生着病我也必须在图书馆查找文献到第二天凌晨。但那个男生，运气比我差多了。"说到这里，他顿了顿，"也许是术后的护理也出了一点问题，那位患者在一次昏睡过后便再也没能醒来——我的意思是，变成了植物人。家属非常生气，揪住那个男生不肯放——当然，我爸也在其中周旋，但没有用。患者家属中好像有几个人与那些所谓的道上的人相熟，于是便放出狠话说要那个男生负责到底。"

"其实，我觉得当年最可怜的不是那个变成植物人的患者，也不是被我爸强逼上阵去顶这个罪的男学生——"这些往事在白晋霖心中埋藏太久，在这一刻，终于迎来了酣畅而出的机会，"而是那个男学生刚出生不久的女儿。"

听到这儿，何昭森的呼吸莫名地停滞了一瞬。

"虽说律师眼里没有好人与坏人之分，但何律师肯定还是觉得我爸的的确确做了一些不太好的事情，但其实我觉得，跟当年那件事相比，眼下写进法庭里的都不算什么。"白晋霖垂下了眼睛，"我爸给了那个男学生一笔钱，让他找个地方暂时避避风头——他带不走他的女儿，因为是早产儿，体重轻得可怕，所以那孩子必须放在保温箱里待一段时间。等签证之类的事情都忙完以后，我才知道，那个孩子……已经被送到了一个叫半苏山的地方。"

"半苏山？"何昭森直直地看向白晋霖，那种呼吸停滞的感觉在此刻变得尤为深入。

"对，是百水镇上的一个儿童福利院。"白晋霖被动地与何昭森对视着，"我托了很多在国内的朋友才曲折地得到了这个消息。我觉得很对不起那个小女孩，所以我每个月都会寄钱过去——当然是匿名，也没有写明我这边的地址。但我寄到第六个月的时候，也就是小女孩长到第七个月的时候，物流却开始显示拒收，后来才知道是因为孩子被一对夫妻领走了——姓于，我特意没让朋友问清楚全名，因为我的愧疚消散不去。二十三年了，我始终忘不了那个在橙黄色保温箱里蠕动的小女孩——我只要一想到她，我就觉得，我无法拿起任何一把手术刀。"

……

"白先生。"何昭森将白晋霖送到门口，还是忍不住问一句，"关于刚刚的事，您为什么要……"

"为什么要告诉你？"白晋霖一边换鞋一边不好意思地笑了，"其实，我也不太清楚。这些事在我心里憋了太久了——我一直想说的，只是没找到合适的人。至于为什么选择了何律师，我也还是不知道为什么，大概觉得这就是最高信任的托付吧，虽然刚刚说的那些和即将开庭的案子没有什么关系，但我还是觉得告诉你，是没错的。"鞋子换好之后，他点了点头，"一切就拜托你了，何律师。"

何昭森站在原地，漆黑的眸子寂静无声地注视着白晋霖的身影没进银白色的电梯里。

女婴，半苏山，七个月，姓于，二十三年——这一切，都对应得上。

何昭森的大脑因为在极短的时间内过快思考而出现了一片短暂的空白。然后，他转过身，看到樱桃正神态自若地站在那片空白里，病过一场之后，她的确更靠近亭亭玉立这四个字了。

"你什么时候从学校回来的？"何昭森继续看着她，脸上没有什么多余的表情。

"就是……"樱桃倒也不介意此时何昭森的态度，她飞快地眨了眨眼睛，然后换了一个话题，"我听到了。"她调皮又甜美地笑了两声，宛如一个偷到了惊天大秘密的孩子——虽然，也的确如此。"我的意思是，我都听到了。是都，全部。"

"樱桃。"他向她走近了一两步，"你知道了些什么？"

"你刚刚知道的，还有一些你也许不知道的——我都知道。"她仰起脸，明媚一笑。

但樱桃此时此刻的样子并没有她想象中那么潇洒——至少在何昭森眼中，她是紧张，并夹杂了些许生涩的。她站在墙壁与沙发交汇的小角落里，像是怕冷似的捞了一个兔子抱枕抵在胸前，她紧紧地抱着它，两只手腕从校服宽大的袖口中露了出来，细得仿佛一折就会断。

但她知道，有一股不知名的力量正在竭尽全力地要将她整个人灌满。

一旦没顶，那种奇异的快感就能将她从头到脚地拎起来——这些，足以让她忽略掉眼下那颗正在费力跳动着的心脏，以及由它带来的轻微耳鸣与眩晕。

"何先生，我想，在很多人眼里，你都是一个非常非常聪明的人吧。"她毫无遮拦地看着何昭森，似乎一点都不害怕他会看出她埋在微笑底下的慌张——装腔作势也好，瑟瑟发抖也罢，她本来，就是打算豁出去的，"那你有没有想过，为什么你会接到这个案子呢。"

何昭森沉默，但却径直看向了樱桃的脸，而后者似乎很满意这一刻的寂静——就好像是因为她抛出了一个令人深感意外的巨型难题，所以何昭森才无言以对的。想到这儿，樱桃眉眼处的神采便更加生动，接着她歪歪头，用左边那颗不怎么明显的虎牙咬了咬自己的下嘴唇。

"是我。"

这时何昭森才发现樱桃今天匆忙地化了一个妆——其实他也拿不准光秃秃地涂一个口红算不算所谓的化妆，但匆忙这点他是肯定的，因为有些颜色跑到了她的唇线之外。

"是我把你的名片给白熠的——白熠你认识吗，就是我的同桌，康德医院院长的孙子。他说你们在医院的走廊上碰过面，所以……你也来看过我的吧，可惜那个时候我睡着了。"

很奇怪，不过是两抹不怎么打眼的红色，却硬生生地把樱桃脸上最后的病气都吞了个干净。

"我之前拿于童姐姐的手机传图片，无意中看到了那个写着康德医院的备忘录——我可以发誓，真的真的是无意的。虽然我也搞不清那个康德医院和于童姐姐有什么关系，但我就是莫名其妙地记下了，然后白熠某天告诉我说给他们家打官司的那个律师跑了，所以我……"

"巧合而已。"何昭森出声打断，"不说于童的备忘录到底意味着什么，也不说你刚刚在书房门外偷听了什么——总之，白熠会不会真的将我的名片拿给他的家长，而他的家长会不会真的愿意信托于我，最后我又愿不愿意受理这个案子——这一切，都不是你能控制的。"

"所以……"他看着她暴露在空气里赤裸但却脆弱的得意，第一次觉得也许可以对眼前这个孩子说一些稍重的话，"在这件事里，你的位置和所作所为远没有你自己想的那么重要。"

"可是那又怎么样呢。"樱桃的手捏成了精巧的小拳头，深深地陷在柔软的抱枕里，"就算只有万分之一的可能性，我也还是赌赢了，不是吗？上帝这次终于站在我这边了，不是吗？他把我变成一个倒霉的孤儿，扔给我一颗破烂的心脏，可是这一次，他终于公平一些了。"

滚烫的泪意就是在这一刻涌进了樱桃的眼眶——在交出了平坦的命运和无忧的健康之后，上帝终于在百忙之中抽空朝她施恩了一回——他给了一个机会。一个说不定可以让她再一次沉迷于那份能长长久久活下去的错觉中的机会——马妈妈，您说得对，上帝恩泽众人。

"樱桃。"何昭森看着她晶莹的双眼，"你这样，是想要干什么？"

"我什么也不想干。"

其实她也不是真的什么都不想干，只不过是因为她此刻正用着全身的力气在逼退那阵没头脑的泪意——真是的，哭什么呢。哭是软弱，是落败，是不堪重负。她才不要成为这样的输家，所以她才需要一个否定句式给自己涨涨士气。

"我只是想问你，你想好怎么跟于童姐姐说这件事了吗——你现在帮的人，就是害她进半苏山的人。"

"这是我和她之间的事情。"那个"害"字在何昭森听来无比刺耳，但不能否认的是，其实，樱桃也没有用错这个动词，"你不用——"

"可现在不一样了，何先生。"随着樱桃的一口咬定，那些蠢蠢欲动的眼泪也顺势倒回了经脉里，"因为我知道了。我的意思是——你不怕我抢在你还没有做好准备的时候就偷偷地先告诉于童姐姐吗？其实这种事，不管准备得多好听，以于童姐姐的性格，还是会发很大的脾气。不过，也只能这样了。你有准备地讲，总比由我这个外人来告诉她要好很多吧。"

何昭森下意识地皱了皱眉头："樱桃，你在威胁我。"

"不，威胁这种事，是对讨厌的人做的。"

樱桃怀中的兔子抱枕应声落地，接着，她颤抖着手，缓慢地拉开了校服拉链——里面只有一件她二十分钟之前特意换上的吊带背心，奶白色的棉麻质地，微微发皱的蕾丝，以及在她贫瘠而坦荡的锁骨下方静静地躺着的两粒纽扣，它们贴着她白到几乎透明的肌肤，系着她蜿蜒流畅的青紫色血管，它们和她是一体的，它们陪着她一边艰难地呼吸一边克制不住地战栗——只要何昭森过来。这个世界上，只有他能将她和它们分离——她期待着这份轻盈的重生。

"我只是想要跟你做个交换而已。"

她收紧了下巴，凭着胸腔里残存的一丝氧气向着何昭森走去，她越靠越近，脑子里却开始模模糊糊地想着自己现在的这一身是不是不太搭——就算没有足够的时间让她从衣柜里找出一条像样的短裙，但也不至于要真的穿着这条肥大的深蓝色校裤走到何昭森的眼前——可初冬的气温和何昭森陡然变冷的眼神都让她觉得，就算这一身不搭，她也走不了回头路了。

"我要得不多，也会很守信用，只要你愿意给我——我……我的意思是，怎么样都好，主动权在你手里。何先生，你不用有什么顾忌的，成年人和婚姻不就是这么回事吗，当然，我也不需要你负责——于童姐姐最近不是一直把你往卧室门外推吗，你们吵架了，是不是？放心吧，她现在不会回来的，她去找我们学校那个游泳老师了——好几次了，在体育馆里，我亲眼看到的。何先生，你那么聪明，随便算算就知道这笔交易中你是不会亏的。其实，我一点都不想去告诉于童姐姐你马上要去法庭上保护那个让她变成孤儿的人，我也不想——"

"你们在干什么？"

谁也不知道于童是什么时候站在了那扇还未关紧的大门后面，她提着一个塑料袋，表情像一层结了薄冰的湖面。

"什么叫作马上要去法庭保护那个让我变成孤儿的人？"她一字不差地重复着樱桃刚刚说的话，眼神却牢牢地黏在何昭森刚刚转过来的脸庞上，她本来还打算对着他笑一下的，可努力了一下，没有成功，"这句话，什么意思？"

"于童。"何昭森知道这不是一个好时机——或者再夸张一些地说，这也许是一个最坏的时机，可她现在正决绝而坚定地望着他，他受不了这样，"你先进来，外面冷。"

"好。"于童顺从地迈进来，反手将门带上。其实这一次，她关门的声音比往常要轻上许多，但眼尾的余光还是扫到了樱桃随着那声细小沉闷的响动而实打实地瑟缩了一下——虽然幅度很小，连那束马尾都没能颤上一颤。

"樱桃，今天只有八九度，你抵抗力不好，穿这么点，会感冒的。"于童凝视着她尖细的下巴，以及裸露在空气中像是树枝般的筋骨，"口红是我送给你的出院礼物吧，颜色果然很衬你。好了，校服捡起来穿上，回你自己的房间。"

樱桃置若罔闻地站在原地，隔了好一会儿，才咬着唇将头低了下去。她依旧没有退场的意思。

"我最近一直忙着的那个案子，当事人是康德医院的院长。"

何昭森短促地停顿了一下，对于这件事，其实他有些拿不准最正确的语气和措辞——或者说，是他的心里还存在着一丝如同篝火还未完全燃尽般的侥幸。虽然极度吻合，但不一定，就非得是于童。

"他的儿子今天来找我，告诉我他在二十三年前曾犯下的一个错误——用导师的身份和优异的实习成绩害了一个在他名下实习的男学生。那名男学生顶了他的手术失误，结果被患者家属不停地威胁报复，以至于被迫将刚出生不久的女儿送进孤儿院里避风头。当时在国外念书的当事人儿子觉得很愧疚，所以一直匿名资助着男学生的女儿，直到孩子长到七个月，被一对于姓夫妇收养——"

"何昭森，你这是什么意思？"于童在听到"康德医院"四个字的时候身体就已经僵硬了一个度，但她还是不死心地问，"难道那个孤儿院叫作半苏山，而我就是那个……"

何昭森的眼神越来越复杂，于童的声音也越来越低，最终，她停下来，朝着整个客厅绽放出一个极其微妙与空荡的笑容："我就是了，是不是——百分之九十九和百分之百的区别而已。"

"于童。"虽然于童的反应比何昭森想象中要平静许多，但他还是不确定此时的她愿不愿意被他触碰——或者说，是愿不愿意被外界触碰，"其实没有那么绝对，也许……"

"你为什么要自欺欺人呢，何昭森？"于童微微地将脸仰了起来，"你真的以为我在门外只是听到了最后那几句话吗——你们明明都已经确定了这件事并将它明码标价而且马上就要拿出来作为等价交换了不是吗？"说到这儿，她又忍不住看了樱桃一眼——除了胳膊上泛起的那层鸡皮疙瘩之外，樱桃依旧保持着十分钟之前的姿势没有变，站在那里，就像一尊长了根的落地雕塑。

"我从来不会在备忘录里记什么——这点宋颂也是知道的。但我记了康德医院，因为马院长告诉我，当初的郑院长就是在这家医院里把我抱回来的，这是关于我亲生父母的唯一线索，她建议我可以从这里找起——所以说现在够绝对了吗，何昭森？"

"于童，这些事，你从来没有和我说过。"

"是，我们先前就约好了，关于在半苏山知道的关于我亲生父母的事情我想说说，不想说也不要紧，你尊重我，这是我的隐私和自由——所以我决定了，现在把这些事都告诉你。"

于童深深地看着何昭森的眼睛，突然很想知道在樱桃脱掉校服外套并朝着他越走越近的那几秒钟里，他是个什么表情——说来也奇怪，一直到眼下这一刻，她都没有因为那个未成形的交易而感到生气或愤怒。为什么呢？她继续加深着这一眼，恨不得看进他灵魂的缝隙——她的确信和冲动交杂在一起了，它们告诉她，这个男人一定不会再对她做出残忍的事情。

所以，她问："我记得你说过那个案子好像快要开庭了，那你现在，能不去了吗？"

"于童，你……我的意思是，或许你应该提前告诉我。因为现在这种情况，我……"

也许是因为何昭森将"应该"两个字讲得太过无奈和疲惫，又或者是因为这句话翻译过来的意思是这场官司他仍照去不误——总之，一股不知名的愤怒就这么直接又尖锐地咬断了于童一直在努力维持着的那根名为平静的弦。

"等等，什么叫作我应该？"于童在狠狠提气的那一刻才发现原来她一直攥着那个塑料袋——按照平日里的习惯，她一到家就会把所有东西顺手扔到鞋柜上，"我可不可以理解成你现在是在胳膊肘往外拐？什么叫我应该提前告诉你——难道弄成现在这样是我没有提前告诉你的错？我拜托你何昭森，我只不过是一个被塞进孤儿院的倒霉蛋，不是什么先知！"

何昭森朝着于童所在的方向走近了一两步，不出意外的是，于童也随之退后了一两步——她的脊背很快就要贴上那张弥漫着暗红色光泽的大门了，她马上就要退无可退了。

"于童。"他停在原地喊她，用了于童最痛恨的那种语气。

"我去你妈的，何昭森！"

在何昭森声音响起的那瞬间，有一个不大不小的炸弹在于童的身体里轰然炸开——是的，她恨死了何昭森用这种语气喊她，这种高高在上用一种上帝口吻逼迫她向现实投降的语气——在过去，她听得够多了。可这次明明不是她的错，那为什么还要来受这个罪呢？

森然的火光和凛冽的硝烟仍在继续，手中的塑料袋也不再是楼下那个便利店里两毛钱一个的贩卖品，它变成了升学宴上的酒瓶子，变成了超市里的黑加仑，变成了陌生浴室里的毛巾……它变成了武器，轻车熟路地朝着何昭森飞去。

"为什么永远都这样？这是个什么操蛋的世界？"

酸奶、苹果，还有特意买给何昭森的薄荷片，它们全体陨落客厅的地面上，而处于这片狼藉之中的始作俑者，却在此时轻轻地倒抽了一口凉气——那种要人命的腹痛又来了。宫外孕必须尽早动手术这件事她不是不清楚，只是如果要动手术，就必须有何昭森的签字……可是，一直到现在，她都没想好该怎么对何昭森开这个口。

"何昭森，我之前没有告诉你半苏山的那些事，是因为我很满意现在的生活，亲生父母到底能不能有一个所谓的定论，其实我真的没有那么在乎。我不想给你添麻烦，也不想让你帮我找父母，这件事一看就又累又烦琐不是吗？可现在真相就摆在我面前了我能怎么样？我的初衷不过是想好好地体贴你一回，怎么到最后还变成了我的错？我他妈招谁惹谁了！"

剧烈的疼痛让于童的双腿开始发软，她紧紧皱着眉，任凭冷汗爬满了整个后背。

"何昭森，我不想冲你发脾气，也不想一有点什么事我们就闹得这么僵，可是我……"眼泪快速地霸占住了于童的脸，其实还有一些理由，是她刚刚没有说的——她害怕未知，害怕所谓的亲生父母并不是那么好，害怕一切澄明后的自己会变得更加糟糕，而如今，她只觉得愧疚得恨不得去死。她竟然可以这么自私，她竟然这么不相信他们——她的一血一肉都来源于他们，在这个世界上，他们三个本该是最亲密无间的存在。

想到这儿，于童轻轻地压住了自己的小腹："你真的要在知道了这些事之后，还去帮那个害了我爸妈和我的坏人吗？"

"于童，"何昭森很快地发现了于童的不对劲，"你怎么了？哪里不舒服还是……"

"不要你管，我好得很！"于童用力地咬咬牙，不依不饶地问，"我只要你回答我上一个问题——那个官司，你去，还是不去？"

"于童，我知道你很难理解，但这是两码事。"

何昭森话音一落地，于童也跟着滚出了两行新鲜的眼泪。

"我既然接了这个案子，那么就得对这个案子以及它的当事人负责。这不仅仅是律师规范和委托合同的要求，我可以不遵守那些白纸黑字的约定，也可以不要那笔代理费，只是离正式开庭不到半个月，临时换一个律师来接手是不可能的事情。于童，我说过，你可以潇洒地意气用事，你可以永远长不大，但是我不行，我做事必须恪守着那几条不能被打破的原则。但是，我也答应你，关于这件事，在开完庭之后我一定会……"

"够了，何昭森，够了。"于童用手背狠狠地抹了一把自己湿漉漉的脸，"你的工作、你的当事人、你的原则，他们统统都比我重要——我知道了，你不用再长篇大论地提醒我了！"

"真的不是这样的，于童。"何昭森终于再一次迈开步伐，他的手臂横亘在半空中，似乎是想要强硬地将她拖进自己怀里，"你能不能……"

"不能，不能，你听清没，我说我不能！"

于童在何昭森怀里凶悍又胡乱地挣扎着："你他妈在帮什么人你知不知道？你这样做，和我的仇人有什么区别？你又有什么脸来问我能不能——我管你要问我什么，总之是不能！还有何昭森我警告你你放开我，放开我！"

这份挣扎是认真且绝望的——因为她突然清清楚楚地意识到，哪怕到了眼下这个情况，何昭森身上的温度和气味依旧是让她眷念的，她甚至差一点就要弃械投降去相信他刚才说的那些话了——可是腹痛卷土重来，突突跳动着的太阳穴让她瞬间清醒——她不能这样，她不能再一次对不起她没有一丁点印象但却实实在在地保护过她的父母，于是她抬起腿，用力地踢在了何昭森的右膝盖骨上。除了只犯过一两次的低血糖外，何昭森的右膝盖也曾因为打球而摔伤过——你看，耍起浑来，我从来不输的。

"我说了要你放开我。"

于童认真地看着何昭森因为猛然吃痛而皱起的眉眼——天晓得她刚刚用了多大的力气，总之，这阵疼痛还是没能击碎何昭森脸上那层类似悲戚的东西。

"我刚刚不是在跟你打情骂俏，我是真的要你放开我。"她攥着拳头，强迫自己的声音和那些颤巍巍的哭腔划清界限，"何昭森，领证的那一刻我就说过，我们肯定不合适的，你看，我们努力了这么久，还是回去了——你不能理解我，我不能理解你。但是这件事，没得商量。"

接着，她转过身去跟那张始终沉默着的敦厚的大门较劲。这一次，是樱桃来了。

"还有你。"于童的眼神落在了樱桃那只正抓着她手腕的手上。说实话，她刚刚是真的忘记了客厅里还有第三个人，"你跟我想的有些不太一样，但不能否认的是，你很厉害。"

樱桃的手依旧凉得过分，五根手指就像是细葱一般被于童轻轻地抖落两下就坠回了原处。

"走开。"于童犹豫了一两秒，还是没有对樱桃讲出那个滚字，但就在樱桃嗫嚅着想要开口说话时，她抢先一秒，打开了那扇门。冷空气清爽地一拥而至，她不再回头看屋子里的场景，其实她知道，樱桃也哭了。

于童往外面走，声音是轻得出奇，她说："别叫我了。"

尾声
WEISHENG

你从远方而来

当手术灯像一片星团绽放在于童眼前时，她听到有一个温柔的女声在跟她说话。

"以后还要不要孩子？"是那位在她第一次来医院检查时遇到的心脏内科护士，安宁。

麻醉的感觉渐渐上来了，于童有些困倦地朝安宁再次递去了一个笑脸——她很感谢这位只比她大了几个月份的姐姐。要不是她，这场缺失了何昭森签字的手术根本就不可能进行。

"我的项链……"于童的声音像是飘在半空中，"就是那条圈着戒指的项链，在哪里？"

"放心吧。"安宁笑了笑，"在你朋友那儿。"她指的是周淮南。

"那就好。"在排山倒海的黑暗压过来之前，于童努力地将自己接近涣散的精神集中到了一个名为孩子的点上，接着她看向安宁淡蓝色口罩上那双细长柔和的眼睛，莫名地，她觉得自己也可以笑一下，"孩子的话——虽然这次搞砸了，但下次的运气应该不会再这么差了吧。"

……

再次睁开眼睛的时候，于童有些搞不清自己身处何方。

头很沉，每一个关节都泛着不同程度的酸胀和僵硬，但就是在这样一副像被灌了一吨海砂般的笨重身体里，于童又明显地感觉到她的灵魂正变得比蒲公英种子还要轻，它飘呀飘，飘过了窗外寂静的夜色，飘过了屋顶淡蓝色的灯光，飘过了雪一般洁白的被褥，最终它停在半空中，与躺在雪地里的自己两两相望。

"我的天，你终于醒了……"正在给于童调整点滴速度的护士小小地惊呼一声，"手术结束两天了你知道吗？"她一边看着于童稍显呆滞的眼珠子，一边将落在护士帽外的几根碎发熟稔地塞了回去，"怎么样，你现在感觉好不好？你等等，我这就去办公室把医生叫过来。"

可进来的不是医生，是何昭森——她认得那种只在他身上存在的，带着冬意的风尘仆仆。

"你睡了很久。"他站在床边，隔得不是很近。

"我……"在张嘴的一瞬间，于童才发现自己的嗓子干涸粗哑得不像话——睡了很久吗？

其实就算刚刚那个护士告诉她手术已经结束了两天她也依旧没什么概念。只要不知道眼下具体的时间，人类很容易就有一种被丢在了浩瀚宇宙中的错觉。比如于童，她现在只知道门外的夜风是冷的，那堆翻滚在手术台上的浪潮是来势汹汹想要把她摁进黑暗里的，以及眼前这个看起来休息得很糟糕的人——她知道，其实何昭森是想离她更近一些的，可他还是硬生生地停在了两步开外。

"其实我感觉，我已经死了一遍。"

于童也不知道这么说是不是夸张了一些，但她又觉得，这么说是没错的——那个孩子曾与她合二为一，他浅眠在她身体的最深处，是她的一部分，而如今——算了吧，管他呢。

于童疲惫地闭上眼睛，不想再跟外界交手。

"于童。"这一声，将过去几十个小时里轮番绞着何昭森呼吸的担忧沮丧以及痛苦统统变成了摆在眼前的真实，他甚至有些不知道该把自己的目光凝聚在于童的哪个地方——他怕看得久了，那力度和重量会弄疼或者弄碎她——恍惚间，他觉得这间病房变成了暗涌迭起的海洋，而那张床变成了一艘不能被完全信任的小船，摇摇晃晃的甲板上，躺着寂静且苍白的于童——你还在呼吸的，对不对，你还有力气睁开眼睛再看一看我的，对不对? 我知道，你做得到的，你一定，做得到的。

"我——"何昭森顿了顿，干涩的下嘴唇让他觉得他其实无话可说——在这一刻，道歉，安慰，问候，不过是几句原始的干巴巴的句子而已。在真实的疼痛与折磨面前，什么都是无力且笨拙的，这一点，他早就领略到了，"这么大的事情你为什么不——"

"你出去吧。"于童后知后觉地发现，就算她紧紧闭着眼睛，也仍旧逃不开正上方那条淡蓝色的灯管以及何昭森想要将她包裹起来的眼神，"你出去吧，好不好?"

她实在是没有多余的力气将音量提起来了，她瘫软地陷在原处，连挪动一根手指都觉得费劲。吊瓶里的液体缓慢地浸透着她的身体，她再一次开口重复："出去吧。我现在真的，不太想看到你。"

门开了又关，关了又开。

这一次，是安宁来了。

"没有发烧就好。"

于童其实有些抵触不太熟的人对她做这样的动作，但是安宁的笑容和手掌有一种让人瞬间柔软与安心的力量——她想，也许这就是所谓的白衣天使吧。

"我刚刚查完房，听说你醒了就过来看看你。怎么样，还痛不痛？医生给的术后叮嘱，有没有记住？"

于童看着她，郑重其事地答非所问："谢谢你，安护士。"她想了想，还是没叫姐姐。

"谢我做什么呀。"其实安宁知道于童说的是哪件事，"你不知道当时有多吓人，就在要完整取出胚胎时你的输卵管突然破裂——大出血，这是超出了我的能力范围必须要通知家属的情况——你那个朋友，叫作淮南是吗？也不知道他是怎么解开了你的手机密码，然后找出了现在站在走廊上的那位……"说到这儿，安宁笑了笑，"你先生真的非常非常紧张你，就是那种恨不得冲进去替你受罪的感觉。我干这行这么久了，所以，是不会看错的。我听同事说，你睡了多久，他就在医院守了多久，一直没合过眼。"

"对了，你是不是有一个正在念初中的小妹妹？"见于童沉默着，安宁便换了一个话题，"我在走廊上撞见过几回，人瘦瘦的，扎一个小马尾，总是背一个看起来很沉的书包。我问她为什么不进来看看你，她说还是算了，怎么听都像一个大人的口气……"

"他是这样的。"于童若有所思地盯着天花板上那条灯管，它散发着一股崭新的凉气。

安宁了然一笑，决定不去追问于童刚刚话里的他，究竟是先生，还是妹妹。

"那我走了，你好好休息。"安宁起身，习惯性地替于童掖了掖没有任何缺口的被子，"差点忘了告诉你最重要的事——其实先前医生来的时候也告诉过你了吧？为了止住大出血，我们只好临时决定切除那条已经破裂的输卵管，不过，你放心，以后还是可以有好运气的。不过这一次，你真的辛苦了。"

于童摇了摇头，头发蹭在枕头上的簌簌声让她产生了一种其实她是在摇一棵积满了雪的小树的错觉。

"还有……"安宁走到门口，却又停了下来，"其实按道理，这不是一个护士该管的事，只是，"安宁的眼神转移到了窗帘的边缘处，"在你没醒的时候，你先生站在走廊尽头的吸烟区抽烟，脸一直朝着你病房的方向。我从他身边经过，看见他很快地抹了一下眼睛。不瞒你说，其实在看到你先生的第一眼起，我就觉得，像他这样子的人，也许不会有像常人一般的情绪，可惨白的灯光下，他眼睛通红——所以，他心里，肯定也因为你感到很难受吧。"

于童一愣，脑子里一片空白，根本想不到有什么话可以用来回应安宁，可等到真的反应过来的时候，她才发现眼泪早已顺着她的眼角无声地流进了她的发丝。她觉得有点痒。

"让他进来陪陪你吧，今年的早冬真是冷得不像话，可就是还不下雪，"安宁的声音又轻又柔，"不过，我看了看天气预报，说今晚可能会有雨夹雪呢。"

十天后，宋颂捧着一大束红玫瑰来接于童出院。

"于童，我——"宋颂大大咧咧地将门推开之后，迎接她的却只有一张空荡荡的床和一个护士正在收拾零碎的背影，"这……于童呢？我没迟到啊！这不才下午两点半嘛，说好三点……"

"于小姐和她先生去刘教授办公室了，大概是要谈一谈后续备孕该注意些什么。你看，行李还在小沙发上呢，人没走的，不用着急。"护士将最后一盆绿植摆正位置，一回头却先笑开了，"我还是第一次看到有人用红玫瑰恭贺出院的。"

"很奇怪吗？"宋颂苦恼地挑了挑眉，"那个花店老板也问我是不是图谋不轨，只是他自己给我推荐的花也很奇怪好吧，送什么康乃馨，我又不是来看我妈。"

"好吧。"护士笑吟吟地点头，她还是第一次看到这么俊朗的女孩子呢，"那你就抱着你的红玫瑰在这儿坐着等一会儿吧。我得去收拾下一个病房了，最近病人有点多。茶几上的热水壶里有刚烧好的开水，绿茶在绿色的铁罐子里，红茶在——"

"红色的铁罐子里，是不是？"宋颂开玩笑似的接过话，不过还没来得及笑出声，她的神色就下意识地暗了几分。

"樱桃，"宋颂盯着门口那个瘦弱的身影，"你今天不用上课？"

"要上课。"等护士推着叮当作响的小车子走远了之后，樱桃才开口，"但我更想来这里，我想看着于童姐姐出院。"

"哦，这样。"宋颂也不确定自己是不是在冷笑，"可你想看的，是于童，还是何昭森？别装傻，樱桃，你懂我的意思——你喜欢何昭森，对不对？"

"不对。我不喜欢何先生。"樱桃一秒都没有犹豫——她是真的不喜欢何昭森，或者说，她对何昭森的感情，并不是宋颂口中的那种喜欢，所以她这么回答，问心无愧。

"不喜欢？"宋颂在将尾音疑惑扬起的同时也眯了眯眼睛，"我说了叫你别装——在你刚来这里不久，我们四个人一起去吃火锅那次，我从洗手间里出来，刚好看到你跟在何昭森身后捡起了他扔在石米上的烟蒂。虽然何昭森的背影一晃而过，但我不会认错，他那天穿的衬衫是我陪着于童去买的。还有，前两天，我给于童送鸡汤的那个下午，何昭森从走廊座椅上离开没多久，你就坐到了那个位置上去。没记错的话，那一整排都是空的，那为什么你单单挑了那一个，还一坐就是好几个小时？六点半的时候我准备走了，一推开门就发现你惊慌地望了过来，眼睛里那种造孽的东西还没褪干净——"宋颂腾地从小沙发上站了起来，"就这些，你告诉我，不喜欢？我他妈也是蠢，还以为火锅店那次你只是想学着抽烟。"

"随你怎么想好了。"樱桃非常用力地咬了一下嘴唇，"就算你再列举出更多的事情，我也还是不喜欢何先生。我刚才就告诉过你了，是你自己不信。"接着，她毫不畏惧地看进了宋颂像是玻璃碴一般的质问眼神中。她知道，像宋颂姐姐这样的人，是不会懂她对何先生的感情的。那份意义，根本就不是这世上泛滥成灾的喜欢可以概括的。

宋颂承认，她莫名其妙地就被樱桃这副英勇无比的样子给激怒了——她灼灼的眼神、笃定的语气、轻昂的下巴，以及平日藏在几乎透明的皮肤下根本见不到半点踪影的红晕，这一切，都让宋颂恶向胆边生。

于是，宋颂遵循着本能朝樱桃走过去："于童和何昭森现在闹得半僵不僵，是不是你搞的鬼？"

樱桃在心里悲怆地笑了一下，她知道这其实不是她的原因。或者说，这不光光是她的原因，她没有那么大的本事去造成现在的局面，但是她点头，说："是。"

几乎是无缝衔接——一阵甜腻的香味和实打实的重量劈头盖脸地朝她砸了过来。

她下意识地伸手去护脸，于是世界就被她的手指裁成了细细的几片，原来是宋颂将那一大捧红玫瑰给扔了过来。难怪她们可以成为好朋友。樱桃紧紧地皱着眉，再次在心里微笑。

"不给你点颜色瞧瞧，你就真不知道自己几斤几两了是不是！"

樱桃这是第一次知道，原来女孩子也可以有这么大的力气。宋颂轻轻松松地就将她拎离了地面，趔趔撞撞中，她感觉她的后背几乎要撞碎身后那块冰凉的墙壁。

"你以为你现在吃谁的喝谁的穿谁的？！你他妈有没有一点良心？要不是于童想要帮你一把，你他妈今天能在这里过着这样的日子？做梦吧你！我今天干脆就将话说开了，我他妈打第一眼起就不喜欢你，但是于童说你好，说你可怜，说你和她处得来，所以我忍了！但你得明白一件事，虽然我这个人不怎么好说话，也没有几根软心肠，但我从来不对女孩子动手，可是你踩着我底线了，我最最受不了的就是有人在我眼皮子底下欺负于童！来呀，你刚刚不是还硬气得很吗？现在有种就看着我啊，还手啊，抖什么？！什么事该做什么事不该做你不清楚吗？还是说你觉得得了病就可以肆意妄为？什么狗屁逻辑？嗯！老天爷是你家亲戚，还是大家伙欠了你一个亿？来呀，你闭着眼睛干什么，你他妈睁开眼睛看着我！"

结束这场混乱的人是白熠。

没有人知道他到底是从哪个角落里突然蹿出来的，他就像一只刚刚学会捕捉猎物的小豹子，矫健但却粗鲁地使用着自己源源不断的力气。他将樱桃从宋颂手里成功地劫了下来，接着，沉默地挡在她前面——其实他也不知道具体发生了什么，他只知道，他该试着保护她。

"哪里来的小兔崽子！"宋颂对白熠的脸有印象，她知道他就是之前那个和樱桃在咖啡馆坐了很久的男孩子，"你是她男朋友？还是你现在正在追她？"

宋颂一边无所谓地笑，一边揉着刚刚被白熠坚硬的肩膀撞痛的手臂："虽然你长得不错，身手也不差，甚至连英雄救美这出戏都唱得非常及时，但我还是好心提醒你一句，她可能并不喜欢你这个类型。"说罢，她提起沙发上的行李，头也不回地走出了病房。

"你这里……"空荡萧索的天台上，白熠的声音差点被风给吞没，他隔空指了指樱桃的左脸颊，"好像蹭伤了。"

不用想，肯定是拜那些从天而降的玫瑰所赐。

樱桃无所谓地耸耸肩，直接坐在了水泥阶梯上——现在天气冷了，没有几个人愿意上天台这种地方受冻，但她不一样，她就喜欢这种温度分明，同时又很安静的地方。她双臂交叉拥紧了自己。她有些想念半苏山的小阁楼了。

　　"就……刚刚那个人。"白熠知道，或许他不该提这件事，但他又觉得如果不提刚刚那件事，那么不管他说什么都像是在故意逃避，这么一想，好像还是前者比较不尴尬，"她一直都是那么凶的吗？她简直像个女海盗——其实我刚到的时候都以为她是个男孩子。"

　　"宋颂姐姐她……"樱桃居然笑了出来，因为她想起有一次她路过后厨房，正巧看见宋颂一边拿着筷子尝味道一边朝厨师发话"我都说了多少遍了这些菜一粒黑胡椒籽都不能放，你们再无视老板命令直接扣工资了啊"。

　　"她人挺好的，刚刚——就当作她送给我的生日礼物吧。"

　　"你今天生日？"白熠很直接地抓住了重点。

　　"对呀。"樱桃双手托起脸颊，迷蒙地凝视着青灰色的远方，"是不是快要下雨了……"

　　"不是吧。"白熠困惑地皱了皱眉，"昨天发体检表的时候，你的生日明明在夏天。"

　　"夏天那个，是我随便选的日子。"樱桃收回眼光，落在了自己小小的甲面上，"所以说反正都是随便选，那我今天再随便定一个。其实也没有什么区别，都是一样的。"

　　"难道生日这种事还能自己随便选？"

　　"你当然不能，但是我能。毕竟哪个孤儿能搞得清自己究竟是哪一年哪一天生的呢？"樱桃突然仰起脸，冲身旁的白熠笑了笑，"拜托，别用这种眼神看着我，没你想的那么可怜。"

……

"白熠。"沉寂中，是樱桃率先开了口。其实放在平时，这种事，都是交给白熠去做的。只是今天，他好像还没从孤儿事件中反应过来，"你说，如果有下辈子，你想当什么？"

"不知道，我没想过这种事。"他诚实地摇了摇头，"虽然我觉得我已经活得够久了，但事实是，我们的这辈子才刚刚开始，所以说，你现在就开始想下辈子的事情，有点太远了——你们女孩子真是奇怪。不过你这么问，那就是已经想好了要当什么？"

"也不算吧。"樱桃非常用力地抿了下嘴，"我只是想好了坚决不再当人而已，其他的都可以，一棵树、一只虫、一捧土，或是山上的石头、水里的虾米……什么都好，只要不是人！可是……"樱桃沮丧的样子让白熠第一次看到了她身上的孩子气，"这其实又不是我能决定的。我想得再好也没用啊，万一上帝照旧不愿意让我下辈子过得轻松一点……"

"你的意思是，你现在过得很累？"白熠试着从樱桃那堆被风吹乱的长发中找到她的脸。

"其实也不是这个意思。"樱桃垂着头，出神地望着自己手指上的倒刺——其实她到现在都没能记清长倒刺到底是身体缺了哪一味维生素，"我和你不同，我是说，我很早就知道我和别人不太相同。你们靠着大自然最正常的规律活着，而我是靠着它的纰漏活着——这就是为什么从来都不去上体育课的原因。但我还是觉得幸运，因为我找到了一种好像可以变得和大家一样规律的错觉……可是，搞砸了。不意外。其实我只是想抓住它而已，但我从来没想过在抓住它的过程中也许还会诱发一些别的事。算了……反正，错觉也只能是错觉。"她笑笑，又说，"我知道你一直记得我帮你擦桌子这件事。那今天我生日，还我一个礼物？"

白熠其实没有搞太懂樱桃到底想要表达什么，但他还是顺从地挨着她一块坐下了——水泥地真的让洁癖患者思想斗争了很久。

"好，你想要什么？"

"玩个游戏吧，白熠。"樱桃的声音轻得像是在蛊惑，"玩一个单方面的木头人的游戏。今天我生日我最大，所以你是那个不能动的木头人。好，你现在先闭上眼睛，然后我数三个数，你就要一直维持着这个姿势了。什么时候自动解禁当然是我来定，十五分钟吧，好不好？大概十五分钟之后，你就可以自由活动了。怎么样，我要的生日礼物，一点都不过分吧？"

"三——二——一——"

白熠坐在原地，任凭天台的风毫无遮挡物地拂过他身上的每一寸。他在心中读秒，十五分钟那就是九百秒，可是他一直读到了一千八百秒都没有睁开眼睛——他害怕，但他确定，这个天台上，只剩他一个人了。

人群的骚动就像是一颗爆炸的蘑菇云。

走在于童和何昭森前面的宋颂突然脸色惨白，她迟疑但却吃力地咽下了一口唾沫——那件蓝白相间的校服，她认得！一个小时之前，她们曾在于童住过的那间病房里碰面。

"宋颂，前面发生什么了？你怎么……"

"于童你别过来！"宋颂真佩服自己到了这种时刻居然还能将嗓音提起一个度，但这其实并没有什么用，因为周遭各种人声和车声混杂在一起，毫不客气地吞食了这句话。

"于童……"何昭森手中的行李袋应声落地，他一手捂住于童的眼睛，一手将童整个带回来圈在怀里，"别过去。我说，别过去了。"移动的人群缝隙，给了他一个绝佳的视角。

可惜的是，她还是看见了，就在何昭森温暖干燥的手掌覆盖过来的前一秒。

"乖，别看。"何昭森耳语一般的气息擦过了于童的脸颊与耳根，带着热度的白色气体让她整个人都重重地战栗了一把，"别看，也别去想，答应我。我在这里。"

于童哑着喉，任凭滚烫的眼泪融进何昭森的掌纹。然后，她伸出手，紧紧地回抱住了他。

……

他们从未如此长久地拥抱过。

在人群熙攘的住院部大楼前，在此起彼伏的人间杂音中，在相互都清楚只要松开了双手就意味着要开始继续直面人生百态的这个道理里，他们不带任何情欲与缠绵地拥抱着。

这是狭小的永恒中，唯一能够相守的办法。

"何昭森……"于童的额头抵在何昭森的左胸膛处，她什么也看不见，什么也听不见了，唯一能替她接受到一些外界讯息的，就只剩下那一小截彻底裸露在冷空气中的后脖颈——先是细密绵柔的小雨滴，接着它变大，再变小，到最后变成了一种比水状更冰凉的晶体，它们纷扬缓慢地降临在人间，就像在举行着一个隆重的仪式，"冬天了。"

　　洁白终将救赎一切，祭奠一切。

　　这座小城的初雪，总算在这一刻，落了下来。

——全文完——

番外一
FANWAIYI

白熠

后来，官司还是照打。

我也忘了我是怎么知道何律师和他的妻子之间因为这场官司而吵过架的——事实是，连何律师的妻子就是那个曾经在医院门口说要请我吃冰激凌的姐姐这件事，我都是很晚才弄清的。

在这方面，我一直有一些迟钝，这点，我得承认。

爷爷开庭的那天，天气很好。我猜大概是因为刚下过一场很大的雪的关系。

其实那一个上午，并没有我想象中的那么可怕和漫长。何律师的妻子和我一起坐在旁听椅上，我们还小声地讨论了一下其中一个女狱警的发型，她惊讶道原来做这种正经工作的人也可以往头上染那么夸张的金黄色，然后我接过话说我还是觉得女孩子黑头发最好看。

接着，就到了中途的休息时间。

我隔着一整排像是盾牌般的木质栏杆，近距离地看到了我爷爷。我想了想，这好像是他出事以来，我第一次近距离观察他，他瘦了一些，精神倒不算太差。他照旧和蔼地看着我，问我是不是长高了，我说是的，今早出门量了量，一米七六了。他对我点头，说好，要多喝牛奶。

　　就是在这一刻，我突然由衷地觉得，就算的确回不到以前那种令我熟悉和安心的状态了，但生活也没有糟到要毁灭谁的地步——直到我知道我爷爷最后被判处有期徒刑十二年时，我也还是这么觉得。而且何律师也说了，爷爷如果表现得好，就可以提前出来，或者我们也可以在规定的日子里去监狱里探望——看，这世界上所有的事情都有解决的办法和转圜的余地，可是樱桃，你一定不知道，就在我真的觉得自己因为这段日子而悟出了几个成熟的道理时，你出现在了我的脑海里，并且迅速地推翻了我刚刚还信以为真的理论。樱桃，你总是这样。

　　你的墓碑——不行，我发现我还是不能这么说。

　　我只能说，你现在回到了你曾经待过的小镇上，在你的不远处有一大片红松——虽然你没有和我说过，以后也不会再和我说，但我还是觉得，你会喜欢这个地方。

　　第一次去，是何律师的妻子，也就是于童姐，通知我去参加你的葬礼——好吧，这个世界有时候还真的不是那么好打发，有些东西就是绕不过去。

　　关于那个人数寥寥的葬礼，其实我只有两个印象点了，一个是你的照片，那是我第一回看见你穿裙子，还有一个就是有个小男孩，扯着嗓子哭得特别特别响亮。

再之后，就是我自己一个人去找你了。

　　我偶然碰到过几回于童姐，她有时候和那个我在医院见过的女海盗姐姐一起，有时候和我们学校那个教游泳的高个子男老师一起，但更多的时候，她是一个人。

　　我问过她，为什么不和何律师一起来。她也只是冲着照片上的你笑笑，说你更愿意他们分开来看你。

　　我不懂其中的缘由，当然，也懒得去问。我更好奇的是你会不会游泳这件事，因为那个游泳老师说你一看就很会游泳的样子——可是，我也无从得知你的答案了。

　　从我家到你这儿，需要三个小时十五分钟。从学校到你这儿，需要两个小时四十分钟。

　　不远不近，一天就能来回的距离。

　　所以我常常莫名其妙地就跳上了通往百水镇的汽车，车上的人总是很少，我每次都能带着小蛋糕坐到临窗的位置——因为你说那天是你生日来着，但我当时有点蒙，所以忘记跟你讲生日快乐了。不过也不是每一次，就真的走到你面前了。有时候我在车站坐一会儿，将蛋糕送给路过的小朋友后，就转身坐上了回程的车——你也别笑，我知道我这样，挺奇怪的。

　　但樱桃，更奇怪的是，一直到这一刻，我都没有真真切切地思念过，或者是怀念过你。因为我发现，你这个人存在也好，不能再被算做存在也好，只要是关于你的东西，哪怕再细微——只要它们在我脑海里粗粗掠过，生活就会以一种风雨欲来的姿态打击到我身体里最柔软的一块地方——这很矫情，同时我也说不上为什么，但是，是真的。

你说我们这些人是靠着大自然最正常的规律活着，而你是靠着它的纰漏活着，可是樱桃，结果显而易见，你比大自然更强大。所以我并不是太敢，真的去想你。

樱桃，我今天带来的是黑森林，上面有一颗被酒泡熟的樱桃。

放这儿了。改天再来看你。

番外二
FANWAIER

樱桃

第一眼看到他的时候，我只是在想，他什么时候会抽上一根烟呢。

半苏山有一个专门用来装外界捐赠书的书柜，形状已经打磨好，但迟迟未上漆——因为马妈妈和来做油漆的人产生了一些价钱上的争执，谁都不愿意让步，所以马妈妈只好遗憾地叹着气，并且叮嘱我们要小心，不要被那些木屑子割到手。但她不知道，其实就我而言，是非常喜欢这个半成品书柜的——通体原木色，红松木的香味原始又清新，没有比这更好的了。

我挑了本硬壳书，烫金的字体被磨掉一大半，好像是本外国小说。可能还是语文不好的缘故，看了好几天，我也没能搞清楚男女主角的身份背景，但奇怪的是，我记牢了女主角的一个梦——她梦见一个英俊的陌生男人站在她楼下等她，男人沉默地抽着烟，然后望向她。

所以说，有点可惜。我当时就这么想。这位先生一没有抽烟，二没有发现阁楼上的我。

可是，他还是来找我了，并且是单独的——虽然这个单独，不算那么彻底，但我也开心。

你好，我叫何昭森。这是他对我说的第一句话。

好名字。我只是在心里这么想，嗓子却发不出任何声音，于是他就顺理成章地当作我在紧张和不安——也好，毕竟女孩子在初次见面时紧张，是一件怎么都不会错的事情。虽然他不知道，这并不是他与我的初次见面。

他来找我的原因很简单。因为他的妻子，也就是给我送草莓软糖的于童姐姐，她非常喜欢我，同时也很希望能与我一起生活——其实，我懂这种言下之意，无非是可怜，或者同情，但是，他没有这么说。他只是说希望能在婚礼上给他的妻子一个惊喜，他把什么都安排好了，包括我之后的学校和医院，他说，只要我愿意跟他走。

只要我愿意跟他走——这一定是我这辈子听过的，最动听的一句话了。我想。

他甚至连行李箱都帮忙备好了，只是我那点又少又陈旧的东西连箱子的一半都没能填满。虽然知道没必要，也很莫名其妙，但在那一刻，我还是真的切身体会到，什么叫无地自容——就算当初被那对夫妻像退货一般退回来，自卑和羞愧的情绪也没能在我的胸腔里涌得如此真实过。可三步开外的何先生依旧神色平静地看着我，他毫无波澜的眼神在我看来是弥足珍贵的安慰，他看着我，仿佛在告诉我，装不满就装不满吧，这其实也不是一件多要命的事。

金色的余晖洒在他替我拎行李箱的背影上，我轻轻地捏起拳头，很清楚自己在想什么——就这么跟着他走吧，别说是为了给于童姐姐一个开心，哪怕要去的地方是刀山火海，我也愿意，因为跟着他，就一定能化险为夷涅槃重生——只要跟着何先生，就一定能好好地活下去的这种想法，好像就是从离开半苏山的那一秒起，长在了我心里。我真喜欢叫他何先生。

　　路程比我想象中还要长一些。

　　在再一次堵车的时候，何先生终于开口跟我说话了。他似乎是看了一眼我一直捏在手中的银白色十字架——这是上车前，马妈妈从她的项链上取下来送给我的。

　　"你也信基督吗？"他这么问。

　　我摇了摇头，说其实并不觉得有所谓的上帝存在——脱口而出的那瞬间，我才反应过来这其实是我第一次对人说出我内心最真实的想法，也不知道手里的十字架会不会不高兴，不过，我也顾不得这么多了。

　　"可是又没有别的办法。"我接着说，"因为除了上帝，根本就没有哪一处地方愿意永远无条件地收留我。"

　　"不是这样的。"他口气很淡，然后启动了车子。

　　我也不知道为什么，在踏上医院天台的那一刻起，脑子里全都是那天离开半苏山的场景。

　　其实我猜白熠知道我要去干什么，因为在我喊他闭上眼睛之前，他的眼圈，正泛着淡淡的红色，只是我们当中，再也没有一个人敢开口说话。

　　我纵身一跃，在猎猎作响的风中闭上了眼睛。

　　还有，还有更多的人——问我为什么站在走廊上而不进病房看看的温柔护士，一直不怎么喜欢我却没有对我太坏的宋颂姐姐，在校园里遇见过几回笑着说是不是想学游泳的高个子男老师，甚至连张心蕾那张骄纵的脸都从我眼前一闪而过，最后的最后，是和何先生一样，绝对不能被忘记的于童姐姐——我发誓，于童姐姐，我的确是做了一些离谱的事，但我从头至尾，都没有对你安过坏心眼——我知道，全世界都不会信我这番话，但是，除了你。

　　不是这样的——那又是怎样呢。我刻意忽略掉何先生和于童姐姐很相爱这回事。

　　地面越来越近，我变得又轻又重，似乎不再受这世间众多规律和道理的束缚，人群中此起彼伏的尖叫声戳破了那层像是玻璃罩一般紧扣我多年的东西，早就不堪重负的心脏正在最后一次感到充沛和鲜活，我知道，是永恒的自由在降临。

　　你知道，我依旧不信上帝的存在，但我诚心诚意地希望他能够庇佑你——你们，所有人。

遥不可及的你2

|小花阅读|

【一生一遇】系列第三季

《云深结海楼》

晚乔 / 著

标签： 声控福利 | 大灰狼吃定小蠢羊 | 小心翼翼 VS 徐徐图之

有爱片段简读：

宋辞：听说有缘的人不论如何最终也会走到一起。

夏杨敲下：那无缘的呢?

那边微微沉默：那不关我们的事。

七个字，很短，却又极具说服力。

再一次对着手机笑弯了眼睛，夏杨在按键上敲敲敲敲，发送之后，她伸了个懒腰，走到窗前推开窗。

寒冬过去，万物复苏，花树也有了苏醒的痕迹，抽出枝芽，青嫩的颜色和地上新生的小草儿一模一样。其实只是一件小事，在她眼里，却异常美好。

这样的世界，有阳光，有生气，有他，再过五百年都不会厌。

被丢在一边的手机还停在聊天的页面，而最后一句话，是她刚刚发的。

——嗯，我也觉得。还有，今天也超喜欢你。

《忆我旧星辰》

鹿拾尔 / 著

标签：沉沦黑暗的昔日精英 | 危险恋人 | 巅峰对决

有爱片段简读：

辛栀张了张嘴，老半天才涩声说："为什么帮我？"

向沉誉静了一瞬，双手插兜兀自轻笑了一声："大概是疯了。"

向沉誉一直绕着弯地说苏心溢的事情，却不提秦潮礼，这是他一直在回避的问题。

他倏地转头定定看着她。今晚月光皎洁，而她的眼底映衬着满天星光，唇不点而红，和……四年前那个夜晚一模一样。

他轻笑一声，微微俯身，喉咙一紧，嗓音里带了些喑哑的味道："你说呢。"

辛栀不躲不让，也直直望着入他的眼睛里，心脏却骤然漏跳了一拍。

《遥不可及的你 2》

姜辜 / 著

标签：装高冷丈夫 | 易炸毛小妻子 | 我们今晚不吵架，好不好？

有爱片段简读：

何昭森走进主卧，夜灯所散发出的暗蓝色像潮水一般静谧地涌到了他眼前。尽管步子已经放得很轻很轻，但何昭森还是看到于童在一片模模糊糊的混沌中，把手从被子里拿了出来，然后，她开始慢吞吞地揉眼睛——这是她要醒来的前兆。

"我把你吵醒了？"他站在原处。

"没有，是我自己没睡好——"于童有气无力地回应着，她本来是想坐起来说话的，但努力了好几次，最终还是塌陷在柔软的被褥中，"不过你大半夜私闯民宅干什么？"

"私闯民宅中的民宅，指的是他人的住宅，可是于童——"雪白的羊绒地毯彻底吞噬了何昭森的脚步声，他停下来，顺势坐在了于童的床边，"这是我家。"

《幸而春信至2·星辰》

狸子小姐 / 著

标签：谁动了我的大叔 | 年龄差很萌 | 暗恋成事实 | 婚后再相爱

有爱片段简读：

菜一上来，肖默城慢条斯理地吃着，将大半的菜都推到苏晚面前："今天好好地吃一顿，让你知道，我们家什么都能吃得起，免得总是想着别人家的东西。"

"肖叔叔，我错了。"苏晚看着眼前的东西，眼神哀怨地认着错。

"吃吧。"肖默城浅笑着说，"慢慢吃，我不着急的。"

明明应该是很温柔的样子，可是看在苏晚眼里就像是戴上面具的魔鬼，肖叔叔生气原来会这么严重。

看着肖默城铁定了心的样子，苏晚只好委屈地吸着鼻子，扁着嘴哀怨地开始吃，她上辈子到底是做了什么孽，她现在恨不得肖默城把她打一顿，也好过这样。到时候C市的头条会不会吊唁一下她这个被撑死的女人啊。

《林深时见鹿3》

晏生 / 著

标签：腹黑医生失忆 | 顾氏夫妇撒糖 | 第二次爱上你 | 甜蜜完结

有爱片段简读：

"阿生——"

"嗯。"

"阿生——"

"嗯。"

"阿生——"

"嗯。"

"宋渝生——"

"我在。"

"现在的你，是我的幻觉吗？"

宋渝生轻轻拍抚她弓起的背脊，掌心之下瘦骨嶙峋。

几秒之后，他终于伸手，回抱住她，向来沉静的心绪被她这一竿子搅得翻天覆地，连自己也不知道为什么会这么心疼。

"不是，"他拥着她，轻轻摇晃身体，似慢慢哄着一个未长大的孩子，"我是真的存在。"

图书在版编目（CIP）数据

遥不可及的你. 2 / 姜辜著. -- 贵阳 : 贵州人民出版
社, 2017.6（2020.1重印）
ISBN 978-7-221-14163-7

Ⅰ.①遥… Ⅱ.①姜… Ⅲ.①长篇小说－中国－当代
Ⅳ.①I247.5

中国版本图书馆CIP数据核字(2017)第120291号

遥不可及的你 2

姜辜　著

出版统筹	陈继光
选题策划	大鱼文化
责任编辑	黄蕙心
特约编辑	雪　人
装帧设计	刘　艳　米　籽
封面绘制	阿翙axu
出版发行	贵州人民出版社（贵阳市观山湖区会展东路SOHO办公区A座
	邮编：550081）
印　　刷	三河市华东印刷有限公司
开　　本	880×1230毫米 1/32
字　　数	184千字
印　　张	8
版　　次	2017年7月第1版
印　　次	2017年7月第1次印刷
	2020年1月第2次印刷
书　　号	ISBN 978-7-221-14163-7
定　　价	39.80元

贵州人民出版社微信